跨度新美文书系

Kuadu Prose Series

跨度新美文书系
Kuadu Prose Series

PROSES
THE

Na Shuang Mei Li
De Yan Jing

那双美丽的眼睛

甘以雯 ○ 著

中国文史出版社

目　录

第 三 辑

一双发现美丽生命的眼睛

——读甘以雯散文集

张学正

正是秋高气爽的日子，接到甘以雯的电话，约我为她即将出版的散文集《那双美丽的眼睛》写篇序。我同以雯是校友。2018年，为迎接南开大学建校一百周年，校友会曾委托我和包括甘以雯在内的几位校友，编选一本"南开人的故事"。在一年多的时间里，我同甘以雯一起工作，出版了《沧桑与华年》一书，互相间有了更多的了解。她多年在百花文艺出版社从事散文编选、散文写作，取得了丰硕成果。所以对这次邀约，我虽感到责任不轻，但却欣然应允了。

以雯有一句经典性的话："散文是人的生命之舞。"她还提出：散文创作的最高境界是"表达人的生命体验和人文情怀"。我认为，这是一位资深的散文编辑，一位成熟的散文作家对散文所给出的最好的定义和所作的最精准的阐释。

散文是同生命紧紧地联系在一起的。我认为，散文选家与作家的第一才能，就是要有一双善于发现美的生命的眼睛。

1994 年夏天，以雯读到赵鑫珊先生的一本书《贝多芬之魂》，她被深深地震撼了。"作品充满激情地展示了贝多芬灵魂的痛苦和人生的超越，……显示了作者的精神状态和生命追求。"她由此认定赵先生是一位文化精英，决心要为他编一部书。于是她开始了对赵先生的关注，凡是赵先生的书她都找来读。她还邀请赵先生参加她组织的养马岛散文笔会。她发现，赵先生的确是一座储藏丰富的生命金矿。他博学多才，其兴趣与研究涉及了哲学、数学、物理学、建筑学、音乐、绘画等多个领域，且均有卓见。这是一位立志要做"世界公民"的知识巨人。

赵先生出于对人类文明的痴爱，写了《诗化自然哲学》《科学·艺术·哲学》《贝多芬之魂》《莫扎特之魂》《普朗克之魂》《建筑是首哲理诗》《建筑，不可抗拒的艺术》《文明的功过》；出于对战争、贫穷的忧虑和对人类终极命运的关怀，他创作了《战争与男性荷尔蒙》《希特勒与艺术》《地球在哭泣》《莱茵河的涛声》等。

以雯对赵先生的理解是深刻的。她说："你看他木讷无语、沉默寡言，实际上，他也许正在进行紧张的心灵对话，或许已经全神贯注地探索某个哲学问题。在对自然和哲学的思考中，他找到了豁达和宁静，在内心世界搭起了一座永不坍塌的房屋、一座坚固无比的要塞、一座富丽典雅的宫殿，建筑材料是另一种花岗岩和大理石——老庄哲学、西方哲学、数学理论、物理学、古典诗词和音乐……"以雯认为，赵先生不知疲倦地读书、写作，他一本接一本地出书，"不是为了世俗的名和利"，而是为圆他的"世界公民"的梦。这样，"他的灵才有所寄，他的魂才有所托；只有不断地出新、不停地创造，他才能真正找到幸福的感觉"（《创造性的生命——我所认识的赵鑫珊先生》）。这是以雯以她的一双慧眼发现的一个美丽的生命及其个人化的生命体验。

以雯从一篇散文《那树》，发现了一位山一般矗立的海外华人作家王鼎钧。他青年时代经历过抗战的大迁徙，用脚一步步丈量过祖国的山河，抛洒过自己的血泪，获取了宝贵的生命体验，创作了《红头绳》《一方阳光》《哭屋》《土》《失楼台》《种子》等作品，还撰写了四卷本的自传：《昨天的云》《怒目少年》《关山夺路》《文学江湖》，表现了民族战争、民族精神和民族感情，在海内外享有盛名。（《山一般矗立的作家王鼎钧》）以雯一次次对美的生命的发现，就是一场场绚烂的"生命之舞"。这坦露作者真性情的"生命之舞"，激荡起人们生命深处的感动！

选家与作家敏锐而高远的眼光，不是天赋，而是多年知识与文化积累的结果。它需要长期的学习与修炼。可喜的是，以雯已经有了这样一双善于发现美的生命的眼睛。

我读以雯散文的另一个突出的感受，是她具有女性作家特有的细腻。她的《那双美丽的眼睛》，写了三只小猫，中心写了小媞媞的一生。小媞媞美丽活泼，顽皮机灵，温顺善良，善解人意，写得细致入微，活灵活现。最后写到它的病、它的死、它的葬，我同作者一样，流下了依依惜别的泪。

散文，特别是人物散文，成功与否，关键在细节，在对关键细节的展开与精雕细刻。

以雯散文中有许多精彩的细节。比如，为了表现赵鑫珊的苦学、苦写精神，作者写了他在农村监督改造期间，为避人耳目，每天到村外放羊时，都要带着从书上撕下来的十页纸，偷偷地读；他为了写《希特勒与艺术》一书，"一锅萝卜排骨汤可以一连吃三天，有时吃下了隔夜的馊饭也不知道"；为了创作《建筑是首哲理诗》，他可以半年泡在同济大学图书馆外文书库，整天不回家，一连三顿饭都在学生食堂吃。

又如韩美林，专为《散文海外版》作封面画，小沙皮狗、小猪、小鼠、小老虎，这些小动物或"我很丑，但我很温柔"，或憨态可掬，或活泼可爱，或虎虎生气，都表现了这位经历许多坎坷与苦难的艺术家不同凡俗的生命状态。"他的心没有被严酷的现实磨出老茧，依然这么纯，这么真，童心未泯。"（《美的使者》）

在《自自然然的生命》中，以雯深情回忆她的母亲：在三年困难时期，她卖掉了自己的金银首饰，为家人买营养品；"文革"后，她用退还的薪金买了四块手表，分送给四个儿女；1996年她大病之后，突然嗜书如命，埋头读起文学名著；去世前，她"圆睁着一双充满恐惧和绝望的眼睛"，当她听到女儿为爸爸购置了墓地，立即询问："有我的吗？"都充分表现出这位有才华的、善良的、劳苦一生的母亲的真情真性，感人至深。

《在丝路之旅情未了》一文中，有一个不引人注意的细节被细心的以雯捕捉住了：司机在驾车驶过一片沙漠时，他指着道路两旁的小沙坡说："那都是汉将士的坟墓！"丝路旅游，敦煌莫高窟、鸣沙山、月牙泉、玉门关，许多人都已看过、写过了，唯独这"小小的沙坡"没有人关注。其实，恰恰是这"小小的沙坡"，它埋葬着开拓疆土、屯垦戍边的将士的骨肉，埋葬着千万家庭悲欢离合的故事，埋葬着许许多多不为人知、已被忘却的历史风云与历史细节，等待着作家们去开掘！

以雯在她的多篇文章中强调："要写出自己最深切的生命体验。"然而，这并不容易。人类从灵与肉的层面，从精神与生理的层面，还有数不尽的奇观异景等待我们去发现；还有数不尽的未知的神秘等待我们去破解。所以，写出各种人物在各种生命状态下的生命体验，这是一项庞大而复杂的人的心灵探索工程。在这方面，散文创作还有广阔的创造与发展空间。

以雯担任《散文海外版》的执行主编，主持编选了多种散文选本。今天，她又出版了自己的散文集，这是她的"生命之舞"的又一次出色实践。她会有更多的新成果面世。我殷切地期待着！

2020 年 9 月 9 日于南开园

第 一 辑

那双美丽的眼睛

　　我相信"缘"，在茫茫尘世，能够相遇，倾心相处，能够牵肠挂肚，在冥冥中，肯定有一条丝线在牵，这就是"缘"。

　　可能自小家中就养猫的原因，我很喜欢猫，一见到猫的身影，听到喵喵的叫声，我会觉得家一下子变得生动起来。

　　那年，儿子考上位居全市第一的南开中学，兴之所至，我连想都没有细想，就带着他到花鸟市场挑选了一只白猫，算作对他的奖励。咪咪很快就到了闹猫的年龄，我们很人性化地待它，为他娶了纯日耳曼种的美女猫媞媞，它们生下了小媞媞。在三只猫中，小媞媞最弱小，既没有她爸爸的威武雄壮，也不及她纯日耳曼血统的妈妈聪慧漂亮、雍容富贵；而且小媞媞的青春美丽消退得最快，可是，我、老公和儿子最疼爱、最牵肠挂肚的无一不是她——小媞媞。

小媞媞出生于深秋季节，那应该是北方最美的季节。蓝天白云、水碧叶红的金秋，是自然万物收获的季节。感谢造物主，让我们收获了一只可人的小猫。

那天我出差在外，先生送儿子到北京上学，回来时已是傍晚。一进门，母猫大媞媞狂叫着叼着先生的裤腿到了早已准备好的产房——纸盒子前。一只裸露着粉红色皮肉的小猫趴在地上无力地叫着。先生用手暖着她好久，才把她放在了产房里。深秋季节，没有暖气，房间里很凉很凉，为采暖，先生在产房里接上了一盏灯。我第一次见到的小媞媞，就是蜷缩在灯光下的一只白绒绒的小东西。

小媞媞很快出落成一标准的小美女猫，眉清目秀，一只蓝色一只黄色的眼睛，一身雪白的长毛，尤其那翘着的长长的白尾巴，像秋天里摇曳着的一蓬芦花，楚楚动人，靓丽而富有生气。这只小猫，带给全家无穷的欢乐——

她十分活泼好动，时常跳到桌子和吧台上，用爪子一点一点把上面的小物品扒拉到地上，尤其喜好扒拉牙签盒。记得有一次她把牙签盒扒拉到地上，牙签撒了一地，她那个激动那个兴奋，夯着那蓬芦花似的大尾巴，叫着跳着扑着散落一地的牙签。我一边捡她一边抢，好不容易捡完装好，她蹦上吧台又将牙签盒扒拉下去……把我们一家三口逗得笑疼了肚子。小媞媞是如此淘气，可细想想，她从来没有损坏过贵重的物品，哪怕一只玻璃杯具、木头的文玩小件，真的很仁义。

光曾经带给初生的小媞媞光明和温暖，又因为小媞媞生来就耳聋，她的眼睛十分敏感，光对她充满了吸引力。她最喜欢玩的游戏就是捕捉光影，对反射到墙壁上的太阳光非常敏感。我们经常拿着镜子或手机照射玻璃，太阳光反射到墙上，小媞媞立刻精神抖擞，斗志昂扬，一次一次地扑向光影，不知苦累，光影成为她永远不懈的追逐和最喜爱的玩具，永远乐此不疲。儿子很坏，有时故意在小媞媞待的桌子和墙壁间留了空隙，她一扑光就从那个缝隙掉下去了。可她抖抖身子，耷着尾巴，重新冲向晃动的光影。

　　唯一可惜的是小媞媞生来就耳聋，可她在无声的世界里生活得很快乐。吃奶吃到一岁多，这样的猫不多见吧。她妈妈爸爸那时候没做绝育，她妈妈大媞媞经常怀孕，可能是白猫和白猫基因相近的关系，大媞媞经常流产，一流产就想起了自己还有一个亲闺女在身边，于是就百般呵护。看到小媞媞蜷缩在和她差不多身材的妈妈的怀里喝奶，总让人止不住发笑。每当春节来临，窗外传来连绵不绝的炮仗声，大咪咪和大媞媞总免不了担惊受怕，小媞媞却无忧无虑玩着吃着睡着。可是，她耳朵也偶有听力，有时睡着觉被惊醒，不知所措地瞪着眼睛，东逃西窜。每当这时，我便抱着她抚摸她的头，她很快就安定下来了。我们常说，小媞媞是幸运的，始终与父母相伴，这在猫家族里，是不多见的。可我也不免担心，有朝一日，她父母先她而去，她会如何面对？

　　小媞媞很活泼，但也很有规矩，很小就学会了在盆里面拉尿，只是到了发情的年龄想找老公了，在屋里尿过几次。猫的三口之家到了闹猫的季节，毫无规矩，繁衍下去也没有止境，万般

5

无奈，我们把三只猫抱到医院一起做了绝育手术。手术时，大咪咪进行了殊死的反抗；大媞媞也挣扎了几下；唯有小媞媞束手就擒，没有任何反抗的能力。在猫咪们这"大是大非"的事情面前，小媞媞表现出她的柔弱无力。绝育后，大媞媞失去了母性，对闺女冷淡了起来，可她不怕妈妈，敢于和大媞媞对峙对打；她更喜欢并惧怕爸爸。出于天性，她贪恋大咪咪的雄性气味，一有机会就凑上身去嗅，大咪咪很反感，只要她一凑身就管教她，对她呵呵叫，还时常伸出爪子拍打她。她跑得很快，又机敏，每当大咪咪刚要伸出爪子，她哧溜一下就逃了，而且常常一下子跳上猫咪们磨爪子的榆木凳子，眼睛盯住大咪咪"噜噜噜"扬扬自得地磨起爪子来。

小媞媞性情与她妈妈相反，十分温顺，她的眼睛永远发散着温柔的光。楼下的邻居吴桐来串门，一下子就发现说：妈妈的一对碧眼盯着人显得很凶悍，而闺女的眼睛显得很温柔。我们做过多次试验，人拿镜子照玻璃反射出光影，小媞媞扑的是光影，她妈妈扑的是镜子和人的手。睡觉时，人要不小心挤着了她们，她妈妈准会不依不饶地挠咬人，而她总是没有怨艾地跳下床跳上榆木凳子"噜噜噜"地磨爪子，然后翘着芦花一样的大尾巴到卧室外转一圈，上趟猫盆或是吃点"干干"，再回到人身边睡觉。小媞媞的叫声也很温柔，细声细气的。如果你轻微地弄疼了她，她会发出绵羊一样的细细的娇滴滴的绵羊音。我们全家都非常喜欢听。工作劳累了，或者有什么烦心事，回到家里，只要听到她娇滴滴的叫声，看到她盯着你的那双温柔的眼睛，心灵会产生一种熨帖感，会使人增强那种家的温暖的感觉。

喂她们东西，永远是妈妈吃第一口，吃完自己的马上用头铲开女儿，再吃第二口第三口。小媞媞最喜欢吃大闸蟹，蟹一上锅她就精神抖擞，翘着大尾巴冲人要。看她那充满激情的样子，我们宁可自己不吃或少吃，也尽力满足她。无论蟹肉、蟹黄还是蟹膏，她都来者不拒，有多少吃多少。但吃蟹的时候她也抢不过她妈妈，她吃饭细嚼慢咽，往往自己那份吃的还不如她妈妈抢的多。明明一猫一坨，妈妈三下五除二吃完自己的就抢她的。一般这时候，我们就把她妈妈弄走，护着她。她倒从来没有和她妈妈计较过。可弄不好这些蟹黄蟹膏也是她生病的一个原因呀。爱猫咪，真的要学会怎么爱。提起吃，说些高兴的。小媞媞从小喜欢吃栗子、山芋什么的。尤其喜欢吃小宝栗子。我们剥开咬碎了喂给她吃。我很奇怪，她怎么能闻见栗子的香味呢，猫难道也对栗子有感觉？

小媞媞很爱美，十分珍爱自己那一身如雪般茸茸的白毛，尤其在她爸爸身边时，她总是用舌头舔舐自己的全身，把浑身的白毛梳理得分外白皙光滑。她还经常舔舐她妈妈的白毛，孝顺的女儿殷勤地服侍着妈妈。大媞媞理所当然地享受着女儿的伺候，稍有不如意，立刻翻脸扑咬女儿，面对翻脸不认人的妈妈，小媞媞也时常表示出愤怒，奓着颈毛对峙，可吃亏的常常还是她。

由于听不见，她常常用眼睛与人交流。只要对她一招手，她会小跑着跑向我。小媞媞和我最亲，每当我铺好床，洗漱完进卧室时，她常常卧在我枕头旁等候着，睁着一双眼睛看着我；有时，也会故意地卧在先生的床头，俏皮地望着我，我一招手，她常常轻盈地蹦过来倚卧在我身边或枕头前，随即，一下子进入梦乡，发出呼呼的鼾声。这鼾声，不仅没有引起我们反感，倒是给我们平添了一种温馨、安稳的感觉。自打儿子出国留学，夜间我时有睡不着，便到书房上网、写作，小媞媞经常随我起床上厕所，有时就在书桌边呼呼地睡觉；有时在床头等着我，张着那一只黄一只蓝的眼睛。每当这时，一股暖流会从心底涌上我的心头。小媞媞的名字很多，都是我兴之所至时给她起的，什么小可爱、小东东、小可怜、小宝贝……反正都带个"小"字，她在我心中，就像一个永远都长不大的小孩子……

唉，千不该万不该，我们忽视了对小媞媞的科学喂养。她的爸爸从小就喜欢吃天然的小鱼煮玉米面，身体十分健壮；她的妈妈是一半猫鱼一半其他食品；唯有她不喜欢吃猫鱼，我们特地为她买来猫粮，称作"干干"，她嚼得嘎嘎响。我们都很喜欢看她津津有味吃"干干"的样子。谁知道奸商为了吊猫的胃口和高额利润，在猫粮里面放了盐和低劣、假冒的东西。尚在中年的她，竟然会出现肾衰。就医时，医生明确地说很多猫狗的肾衰都是吃猫粮狗粮造成的。其实细细想来，她这两年身体已经日益衰弱，长长的白毛在脱落，有些粘连在一起，我经常为她梳理，又不敢太使劲，弄疼她时她也会反抗，只得狠心用剪子剪断。她的毛色远不如过去漂亮了。谁能想到年纪轻轻的她竟然患上这样的病呀？我、老公、儿子都很自责，要是早点知道科学喂养，哪怕在发现她身体衰弱时早点给她看病、吃药，她不会走得这样早，唉，说来说去，还是我们对这幼小脆弱的生命关爱不够……要是她能听得见，要是她能找个帅帅的老公，要是她也能像她妈妈一样生儿育女，那我们的心还能安稳一点。

可是由于她天性乐观活泼，我们都忽略了她的身体。当儿子告诉我小媞媞病危的消息时，我正在福建开会。一下子，我的泪水止不住地涌了出来。当我匆匆从福建为她赶回家时，小媞媞已经没有力气叫了，闭着眼睛躺在为她准备的纸盒子里。我的泪水止不住地流。先生已经抱她到医院输了三天液了，可没有什么效果。我感觉到，她已经命悬一线，只是在昏睡中等着我。第二天，我接着抱她到医院输液。同屋里面，有多只在打针、输液的小猫小狗，它们还能表示出恐惧，唯有我们的小媞媞没有任何反应，无力地依偎在我怀里。到这时，我已经感觉到我们只能尽人力抢救她，可确实只能听天由命了。

小媞媞对色彩十分敏感，不知是不是女性的原因，她对红色有特殊的感觉。她喜欢在红色的便盆中拉尿，喜欢红色的被子，如果把红色的手提袋放在桌子椅子上，她准会卧在上面。有时洗衣时顺便刷猫盆，她经常会卧进红色的猫盆中，自得地看着人。可是，如果风吹动挂在架上的红色衣裳，或是支开晾晒红色的雨伞，她会吓得惊慌失措，四处乱窜。在她病危时刻，一天一夜没有排尿了，我把她放在盒子里面晒太阳，为了便于她排尿，把红色的猫盆放在盒子旁边。当我从书房到卧室看她时，看到垂危的她竟然卧在了她最喜欢的红色猫盆中。此情此景，令我百感交集。当晚，我把刷洗干净的红色猫盆放在了床上，垫上毛巾，把气若游丝的小媞媞放在了她心爱的红色猫盆里。我陪伴着她，不断地抚摸着她……她走后，我把她放在红色的纸盒子里，埋在了花坛下。质本洁来还洁去，她的身体也会化作春泥，滋润花草大地——

在小媞媞走后的第三天，快递公司的员工送来了儿子为她邮购的治肾病的营养液、质量上乘的猫罐头。小媞媞的妈妈爸爸福分不浅，沾了她的光，告别了有害的猫粮，尤其是大媞媞，不知为什么，是不是有什么特殊的感觉，竟然从此不再沾"干干"式猫粮了。儿子出国读书有八年了，有一天谈到小动物，他认真地对我说："妈妈，对于人，小动物只是你人生中的匆匆过客；可就小动物来说，它已经将一生托付给了你。"霎时，一股暖流涌上我心头——儿子成熟了，能够懂得善待生命，表明了他精神上成长得很健康。我可以放心了。

恍惚间，小媞媞已经离开我一段时间了，但我忘不了她，我的眼前经常浮现着她那双眼——美丽的、善良的眼睛，一只蓝一只黄色的眼睛。

我相信"缘"，在茫茫尘世，能够相遇，倾心相处，能够牵肠挂肚，在冥冥中，肯定有一条丝线在牵，这就是"缘"。

写于 2010 年春

春天的记忆

永远忘不了 1977 年那个春天，我进入了南开大学中文系读书。马蹄湖畔，微风拂面，碧波荡漾，杨柳依依，在我人生的青春年华，有幸赶上了祖国的春天、文学的春天。图书馆、阅览室中一架架、一排排古今中外的文学名著迎面招手；书店、邮局中的文学名著、新时期文学作品和充满朝气的文学期刊也纷至沓来，令人如梦如幻、如醉如痴地徜徉于书山中，伴着书香，大学时代美好的时光日历一天一天掀了过去。当我读到载有《大海作证》的《小说月报》时，暗自下定决心，要进"百花"工作。

1980 年秋，我第一次走进赤峰道那座古色古香的三层红砖小楼，面见社长林呐——一位瘦小的、亲切而干练的长者。他正在散文书稿编辑室，与几位编辑有说有笑地聊着，那种文人间平和的畅快的气氛，一下子打动了我，要知道，这是 1980 年，思想解放刚刚开始。这小楼，也是有着近百年历史的，小楼的地板，走起路来颤颤悠悠的；外面屋顶的大烟囱，已经被煤烟熏得黑黑的；小楼下面储藏杂物的地下室，据说曾经是日本宪兵队川岛芳子审讯犯人的地方。那时里面堆放着一麻袋一麻袋出版过的书稿。

递交了简单的个人资料，经过简单的面试，不久，就如愿进入"百花"工作了，能够一辈子与喜爱的书刊打交道，我兴奋不已。生活那么美好，历经了"文革"的严冬，"百花"也迎来了春天，处处现出朝气蓬勃的气象，出版社里的一切都令人觉得那么亲切可人——

郭沫若先生题写的"百花文艺出版社"社名，文雅隽秀，每每看到社门口、信封、信纸上的社名，从心里感到温馨；1958年"百花"初创，即提出编辑出版国内一流水平的作品，出版的第一部书籍是茅盾的《夜读偶记》，而后，相继推出郭沫若的《洪波曲》、冰心的《把春天吵醒了》、叶圣陶的《小记十篇》、巴金的《倾吐不尽的感情》、老舍的《小花朵集》、孙犁的《铁木前传》、梁斌的《播火记》等一批优秀图书，奠定了"百花"在全国出版界的显著地位；1980年，《小说月报》《散文》的创刊，更迎来"百花"绽放……

那时，办公条件还是挺艰苦的。三层小楼，四个出版社，"百花"只有三楼这一层，蛮拥挤的。小楼挺老旧，又经过1976年的大地震，人们心有余悸，走起路来，总觉得脚下的地板颤颤悠悠的。办公室集行政、党务和人事于一体，四五个人挤在一间房办公，可办事效率很高，以我自己讲，从递交简历到上班，只有不足三个月时间；在校对实习时，校对、出版科十几个人挤在一间大房间，每个人只有一张一头沉的办公桌，能拥有一张两头沉的办公桌，肯定是老资格的人了；我们旁边就是林呐社长的办公室，也就是十几平米的一个小房间，有两张办公桌、一个大沙发、两个小沙发，勉强能容下四五个人。

一天，平静的小楼突然热闹起来了，来了一批不速之客，都是新时期文坛重量级作家，听说有陈建功、王安忆、王小鹰……好像是冯骥才带他们来的，我没敢出房间，听说他们都希望能在"百花"出第一本书。果然，不久，"百花"出版了陈建功的《迷乱的星空》、王安忆的《雨，沙沙沙》、王小鹰的《相思鸟》……

还有一天，铁凝来了，就在隔壁的社长室。当时我正在校对她的第一本小说集《夜路》中的《灶火的故事》。一个二十岁出头的小姑娘，那么有才华，有感觉，我觉得很神奇，就大着胆子从楼道往社长室张望，正巧被责编顾传菁碰到，她把我叫了进去，给我们作了介绍。面对着来自保定素朴而沉着的小姑娘，她给我一种亲切、深沉，甚至还有一点点神秘的感觉，这种感觉一直维系到今天。

很快地，我觉得适应了这种环境，高官名流，进了"百花"或是面对"百花"的编辑，摆不起架子；而编辑们平日接触到的布衣百姓，很可能不久就会声名大振，享誉全国。

到编辑部工作后，我很留意老编辑间谈话聊天，那真长学问，大家谈论的大多是稿件、作家、文坛和时事，很少谈论家长里短。

记得我唯一一次与老编辑刘铁柯陪一位作家到林社长家，他住在五大道一栋三层小洋楼里，走廊、房间内十分洁净，非常文雅，会客室里摆放着一溜四张书柜，里面整齐地摆满了书籍。谈得兴起时，林社长到里屋拿出了一套《三希堂法帖》，得意扬扬地与老编辑谈论着这书的珍贵程度。我从心里很敬重这位红色的出版家林呐社长，他去世时，我正在外地出差，没能出席他的追悼仪式，至今心里还觉得歉歉的。

1980年底，我到了《散文》月刊。那时，编辑部四个人，挤在一间十一平米的小屋办公。主编石英家在北京，还在屋里安了一张单人床，吃住都在办公室。小屋旁边有一个三四平米由废弃的厕所改成的储藏室，里面堆放着作者的信函、阅过的稿件，其中有很多重量级作家的手札。我曾经多次为喜欢集邮的同事翻信封找邮票，找到过"祖国山河一片红""毛泽东纪念邮票"等如今价值不菲的藏品……

办公条件虽差，可刊物特色鲜明，推出过许多作家和有影响的作品，在读书界享有盛誉。

期刊界有句行话：主编的风格就是刊物的风格。我很幸运，一工作，就跟着这样一位主编创办着一份特色鲜明的杂志，耳濡目染，学到了很多知识和能力。石英老师有着敏锐的艺术感觉和极好的记忆力，博闻强记，平时上班，似乎不怎么看到他认真阅读稿件，总喜欢聊天，每每聊到兴奋处，常常哈哈大笑。可是，对办刊的思路，他心里明镜似的，贴近大众，贴近读者，不唯名家是从，总是推出感觉清新的、富有艺术张力的散文佳作。像贾平凹、冯骥才、张洁当时的名气还不是特别大，但他们的《三棵小桃树》《丑石》《泰山挑山工》《拾麦穗》等，都堪称中国当代散文史上的名篇佳作。记得魏久环老师一收到贾平凹的散文，就大声朗读，读到精彩处，止不住拍案叫绝，一边拿着稿件，一边摇头晃脑地说：贾平凹真是有才，你看这散文写的！其实贾平凹钢笔字不好认，他总是字斟句酌地反复阅读。

那时，来自全国各地的稿件极多，我每天都要拆几百份自投稿，基本上都是由魏久环老师翻阅。第一次在自投稿中选作品，我推荐了王光明的一篇散文，这是我第一次写审稿意见。作品有文采，有激情，题材独特，可结构和语言繁杂，我不知如何处理，送给了主编石英。他阅读后，大笔一挥，删繁就简，并将以当时中央领导人题词为题的《沂蒙钻石》改为《钻石，你在寻找谁?》（载《散文》1981 年 4 期），在头题位置推出。作品产生了很大反响，很快被选入全国中学语文教材，而且延续了多年。

这件事，使我感到了编辑"功力"的重要，也初尝了编辑工作的喜悦。记得我写了一篇"编稿手记"，刊发在《天津出版》，据说还受到了林社长的好评。从此，寻求编辑工作的"成就感"，使人生活得有意义，为我的编辑生涯定了位。多年来，我尽心尽意地组织、编辑好书佳作，每编一篇好稿、一本好书，一种"成就感"都会自心底油然而生。

工作的第二年，我和《小说月报》两位编辑一同去山东出差。我的同学刘国政和李存葆是要好的朋友，约我们在存葆家吃饭。国政主厨，国政的厨艺了得，我们同学聚会时他展示过。存葆得意地讲，在济南，国政炒菜第一，我第二。那天，在存葆的小偏单里，还结识了苗长水，如今都是将军级的作家了。几个人边吃边聊，聊文学、谈越战，谈得热火朝天，当然"主聊"是存葆。我们都感觉，存葆有激情，有情怀，可能会写出大作品。第二年，当我在《解放军文艺》上看到李存葆的短篇小说《瞧，这些导弹兵!》时，推荐给《小说月报》的同事（当时我们其他部门的编辑都为《小说月报》荐稿），被选用了。

到1982年底，《小说月报》抢先转载了中篇小说《高山下的花环》（比原发刊物《十月》上市还早），那一期杂志供不应求，加印了八十万册，有的没有封面也照样卖出了，印数突破了二百万册，这是《小说月报》创刊以来的最高印数，可能也是文学杂志的最高印数了。可见当时优秀文学作品的轰动效应。为了奖励作者，出版社邀请存葆到天津蓟县玩了一天，因歇产假，我没有参与。这期的《小说月报》，我是在产后月子中读到，哭着看完的。可能也由于这件事，产后上班，我被调到《小说月报》编辑室工作。

那时，我曾经编辑过《解放军报》驻沈阳军区记者站记者王文杰的散文《风雨太平洋》。作者曾经给我打过一个电话，以后一直没有联系。后来作者升任《解放军报》副总编，偶然见过面，作者谈到《风雨太平洋》已经被收入十三种版本的语文教材，至今，他还不时收到稿酬。尽管几家出版社约稿，他坚持要在"百花"出版他的散文集。

在"百花"，我结识了许多文化界、艺术界的良师益友，如李存葆、韩美林、范曾、罗哲文、蒋子龙、冯骥才、李学勤、王充闾、赵鑫珊、余秋雨、陈建功、冯大中、李佩甫、张清平、王鼎钧、余光中、刘以鬯、曾敏之、潘耀明、陈佐洱、吴志良等名家。我有幸编辑过他们的精品力作，与他们进行过精神交流，也结下了友谊，至今，手中还保留着他们的多封书信。

我觉得，"百花"是中国文坛一隅，她可能不会带给你显赫的地位，也不会给你带来巨额的财富，但作为一个文化人，一个职业女性，在"百花"工作，置身于文化色彩浓郁的环境，是一种幸运。我觉得自己活得很自信，很充实，也很愉快；同时，从事着文化、精神的创造活动，会促进自己精神的提升，在这条路上不断努力前行，会使人的生命焕发出光彩……

上世纪80年代——一个开放包容、充满激情、充满诗意的年代，一个思想自由、百花争艳的年代，也是"百花"辉煌的年代。我有幸于这个年代步入"百花"，步入文坛，融进了时代的大潮中。步履匆匆，时光荏苒，留下的是美好的记忆和永远的怀念。

残阳亦辉煌

起伏跌宕的五龙背山脉下，有一座荣军疗养院。疗养员大多是抗美援朝战争中的伤残军人。

疗养院门前有一座宽阔的石桥，年年岁岁，夕阳西下，疗养员们坐着轮椅，到桥上观落日。久而久之，他们把桥称为"伤心桥"。

残缺的生命，残缺的身体，面对着残缺的太阳，面对残阳映照下绵绵不绝的山脉，默默地、久久地坐着，像一座座雕像。嘭嘭嘭，我的心激烈地抖动着……

残缺的生命

望着桥上雕像式的人们，我的心激烈地抖动着，欲言无语。这些疗养员，也曾有过美好的青春，也曾有过健全的躯体。在他们人生的词典里，可能从来不曾有过这样一座"伤心桥"。然而，战争从来就是这般无情，命运也从来就是这般无情。

"雄赳赳，气昂昂，跨过鸭绿江"时，她刚刚二十岁，花一般的年龄，花一般的容貌，能歌善舞，多才多艺，还是女子大学的大学生。她的前程似锦，她的生活充满了明媚的阳光。一声巨雷般的炮响，前线广播电台的防空洞坍塌了，她被砸在里面，昏迷了三天三夜，下肢全瘫痪。命运发生了一百八十度大转弯，美好的生命，美丽的肢体，一下子残缺不全了，她躺在担架上过了"伤心桥"。

她身旁的疗养员，曾经是尖刀连的战士，冲锋路上，踏响了地雷，炸断了双腿，躺在担架上过了"伤心桥"。

那位黑瘦瘦的老人，年轻时是出了名的"铁脚板"，他转战千里，从东北雪原一直打到了海南岛椰林，祖国的天涯海角、大江南北，都留下了他的足迹。最后，他的双腿留在了朝鲜战场，"铁脚板"也是躺在担架上过了这"伤心桥"。

……

残缺的躯体，残缺的命运，驰骋疆场的英雄，被这"伤心桥"锁在了疗养院里，剧烈而坚硬的痛苦啮咬着他们的心。君不见，残阳如血。

闪光的河流

我简直不敢相信自己的眼睛了，人世间竟然有这样的景观，可我的眼前的的确确出现了一条"闪光的河流"。这"河流"，与我在广州夜晚所见到的"闪光的河流"截然不同。清晨7：50，一阵悦耳的铃声在疗养院内响起，静谧的疗养院一下子热闹起来，从疗养楼一楼、二楼、三楼的边门相跟着拥出几十辆轮椅车，沿着婉转、曲折的残疾人车道，由上而下，快捷轻松、井然有序地向南院驶去。飞速转动的电镀车轮熠熠闪光，从阳台上望去，宛若一条晶莹剔透、波光闪闪的河流。嘟嘟嘟，我的心为这壮丽的景观又一次抖动着。

追随着"闪光的河流"，我来到了南院。"电器开关厂"的标牌赫然而立，"闪光的河流"也一下子分支，流向了一间间房屋。许多盲人疗养员也拄着探路杖破门而入。每个人的桌子上已摆放好待装的电器开关。他们坐下便干，小小的改锥灵巧自如地转动着。此时，我在他们每一张面孔上，都捕捉到一种自信甚至是自傲的神采。不是吗，你看他们每个人都挺直了那军人的腰杆，昂首面对我们这些健全人，那盲人还不时对我们眨眨眼睛，没有一点羞涩，没有丝毫自卑，似乎是在向外人、向社会宣告：我们残而不废，我们依然是自食其力的、有用的人！

一副副严重残缺的躯体，一个个国家的功臣，他们完全可以躺在床上，安然享受政府的抚恤，安度他们的余年。最初，没有人同意他们办厂。然而，温泉水暖，难以冲洗灵魂的创伤；生活优裕，无法抚慰心灵的痛楚。他们硬是办起了小小的工厂，每天干上几小时活，以此来养活自己，以此来证明自己生存的价值。

残缺的躯体，健全的精神，显出了英雄的本色；跳动的浪花，"闪光的河流"，映照出残阳的光辉。

生命的力量

这位敦实、健壮的疗养员总是这么匆匆忙忙的，总是处于不停的运动之中。你看他宽阔的肩膀肌肉隆起，线条清晰的面庞泛着黑红色的光，显示出强壮的体魄和刚劲的力量，简直能令人想起米开朗琪罗手下的大卫。可谁能想得出，他竟然是一位高位截瘫的伤残人。他是在战备施工中负伤的。

我忘不了他那生机盎然的房间。

一进门，一只齐床宽的硕大的玻璃鱼缸吸引住我的目光。各式各样、五颜六色的热带鱼在水草丛中游来游去，有菱形的、带着花色斑纹的雁鱼；有小巧玲珑、显得雍容华贵的"黑玛丽"；有拖着长长的枪刺的"红箭""蓝箭"；还有尾巴像花裙子一样来回摆动的"孔雀"……

几帧服装各异、姿态不一的女明星的照片，赫然贴在床内侧雪白的墙壁上，带给人触目惊心的痛感……

宽阔的阳台上种满了花花草草，显然是刚刚浇过水，地上湿漉漉的，花枝花瓣上还挂着晶莹的水珠儿，空气显得格外的清新。花很多，给我留下最深刻印象的要数那两盆珍贵的杜鹃花了。一盆是花团簇簇、洁白如雪的"白山雪"，一盆是花瓣一半白一半粉的"二乔"。"二乔"，不是"三国"中享有盛名的美女吗？用美女为花命名，用花来衬托美女的娇艳，真真是相得益彰。我想，这花谁都会喜爱，谁都能产生无限联想。

很难想象，他这位高位截瘫的伤残人，是怎样侍弄这花草、这游鱼的。但我想象得出，这花草、这游鱼、这明星照片，融注了他的感情他的爱，融注了他对美好生活的向往，融注了他对生命的追求。美，在他的房间，美，在他的心中。

　　相比之下，那位女大学生要幸福得多，她组建了一个温暖而和睦的家庭。她的丈夫就是那位踏响了地雷的尖刀连的战士。他会拉琴，她会唱歌，一曲和谐的《敖包相会》，使他俩产生感情，结为伉俪，而后，又奇迹般地生下了三个儿子，如今，他们又有了两个孙子一个孙女。作为男人和女人，他们顽强而勇敢地实现了自我的人生价值。

　　残缺的躯体，残缺的生命，却拥有着旺盛的生命的力量。他们比正常人更向往着美好的生活，他们锲而不舍地进行着壮美的追求。

　　他们在桥上默默地、久久地坐着，面对着连绵起伏的山脉，面对着雄伟而壮丽的夕阳。他们每个人的表情都是那么深沉、那么庄严、那么凝重，他们在用灵魂与大自然交流，他们在残阳中汲取生命的力量。蓦然，那轮红艳艳的火球一跃一纵，便倏地一下子消失在大山的背后。一片金光映红了山脉，山川大地披上锦绣；一片金光映红了人群，为他们的生命披上了七色的霞光。

　　啊，"伤心桥"上，我感悟到瑰丽的自然与人生，感悟到奇异的宇宙和生命的力量，感悟到残阳的壮美与辉煌！

猫 女 王

　　雪白、柔软、光滑的长毛，为大媞媞平添了一种
"贵"气。她气质高雅，洁白无瑕，并且有很多良好的
习惯。她一生只有大咪咪这一个伴侣，而且大门不出二
门不迈，十分洁净，是典型的宅猫。

　　可能是天性，我对猫有着特殊的感觉。日常见到猫，我总会
驻足，可能的话，总喜欢抱一抱，一进家门，只要见到心爱的猫
咪，觉得家一下子就变得生动、温馨起来。

　　那年，儿子考上位居全市第一的南开中学，兴之所至，我连
想都没有细想，即刻带着他到花鸟市场挑选了一只白猫，算作对
他的奖励，其实，这何尝不是对自己的奖励？咪咪很快就到了闹
猫的年龄，四处撒尿，我们想，既然养了这只小动物，就要善待
它，为它选一个配偶吧。

　　说来也是缘分。先生从邻居家抱来了一只白猫，比咪咪的年

龄要大好几岁，不是很漂亮，这只母猫在家里待了两天，咪咪没有任何反应，对母猫不理不睬，只好将母猫"打道回府"。恰巧同事家有一只纯日耳曼种的美女猫，年方两岁，想为她找一个可靠的家庭。也是先找了一家，家里有两只公猫，美女猫不认，进门后一下子钻进床铺底下不肯出来，两三天不吃不喝，同事只得把她接回了家。这样，美女猫来到了我家。咪咪的身材甚为雄健，遇到正值青春年华异常漂亮的美女猫，郎才女貌，一见钟情，当天就好上了，没有任何仪式，美女猫一下子就心甘情愿地成为新嫁娘，两只猫如胶似漆，从此不离不弃。缘于她的美丽乖巧，我们称她为媞媞。

媞媞十分靓丽聪慧，矮鼻梁，短耳朵，碧眼流睛，一身雪白的长毛，柔软、细腻、光滑而富有光泽，仿佛一匹白色的锦缎。她天生有一种高贵感，唯我独尊，很快就把自己当作家里的主人。咪咪懂得媞媞的珍贵，极为宠爱娇妻，无论是吃是喝是睡，全让着她。上了饭菜，媞媞总是第一，咪咪就卧在旁边看着她大吃，她吃罢扬长而去，咪咪才上前吃盘子里的残羹剩饭，十多年如一日，真不容易；猫碗里的水每天要换，媞媞总是喝第一口，咪咪喝过了的水，她绝不肯再喝，想喝水时站在水盆前叫人，一定要换新鲜的；睡觉也是媞媞先占上最佳位置，咪咪卧在她身边，睡觉前还要不断地舔着媞媞，用自己的舌头为媞媞洗澡。媞媞全然享受着咪咪的万般宠爱，好像这一切都是天经地义的。

媞媞很快怀孕，那天我出差在外，先生送儿子到北京上学，回来时已是傍晚。一进门，媞媞狂叫着叼着先生的裤腿到了早已准备好的产房——纸盒子前。两只裸露着粉红色皮肉的小猫趴在地上无力地叫着。先生用手暖着她好久，才把她放进了产房里。深秋季节，没有暖气，房间里很凉很凉，为采暖，先生在产房里接上了一盏灯。此后，媞媞视先生为保护神，处处依赖先生，只要先生在家，她的眼睛总是要盯着先生。

据说，越是优异品种的猫产子率越低。媞媞聪明漂亮，风光无限，眼睛、鼻子和耳朵十分灵敏，可她一生就产下一对天生残疾的小白猫，公的是盲猫，母的耳聋。我们把小公猫送了人，留下了小母猫，名叫小媞媞。妈妈的名字升级为大媞媞。后来她又怀了几次孕，可能是白猫和白猫基因相近的关系，她怀一次流一次，一直未能再次生育。一流产她就想起了自己还有一个亲闺女在身边，于是就百般呵护，过去那一阵，就恢复唯我独尊的常态。经不起几只猫的折腾，我们索性为它们都做了绝育手术。

光曾经带给初生的小媞媞光明和温暖，又因为小媞媞生来就耳聋，她的眼睛十分敏感，光对她充满了吸引力。她最喜欢玩的游戏就是捕捉光影。我们拿着镜子照射玻璃，太阳光反射到墙上，小媞媞立刻精神抖擞，斗志昂扬，一次一次地扑向光影，不知疲倦。大媞媞对此不屑一顾，她不捉光影，只是不屑地按住人手或镜子，一下子就直抵光影的命门。

大咪咪似乎不怎么喜欢小媞媞，经常呵斥她，可对大媞媞是百依百从。大媞媞确立了在猫家族的"领导"地位。大媞媞的天地不大，可她的确有"女王"的范儿。吃喝她永远是第一，她必须吃第一口，我们有时给几只猫食分成三份，她三下五除二吃完自己的就用头铲开别的猫，再吃第二份第三份。睡觉时她必须紧挨着先生，依次是咪咪、小媞媞，只有在人的呵护下，小媞媞才能挤占最佳位置，那样大媞媞会很愤愤不平，时不时要用爪子拍打女儿。大媞媞极少照顾其他，而她老公和女儿每天都要用舌头舔舐她，我们也用刷子和手指为它们梳理长毛，她总是伸长了脖子安享着大家的服侍。稍感不舒服，立即用爪子反击，小媞媞挨打的时候最多。就是对先生，她也觉得自己是主人，依赖先生对她的服侍，用她自己的方式管理着先生。先生护着她女儿，她不能容忍，有时就使小性子直奔我，我赶忙哄她安慰她。

在家里，大媞媞全然一副主人样，很有主人翁的责任感。家里添置什么东西，诸如桌椅板凳、冰箱彩电，她都要跳上去又闻又看，审视一番。我们喜欢红木家具，进门后擦拭干净要拍照，她肯定跳上去抢镜头。红木家具配上洁白的大媞媞，显得分外的高雅，形成一道独特的风景。

一次，先生洗菜没有关紧水龙头，她冲着先生叫着把他引到滴水的水龙头前，关紧了水龙头，她才作罢。

每当来了客人，她一定到客人前审视，然后卧在最显眼的地方，眯着眼似睡非睡的样子。若是到了晚上10点多客人还没走，这到了她平时睡觉的时候，她就要跳下地用身子不断地蹭着客人腿，并且抬着头冲着客人叫，意思是你该走啦。一次，我外甥和媳妇有事夜宿我家，住在我们平时住的主卧室，关上了门。"卧榻之侧岂容他人鼾睡"，大媞媞不依不饶，先是挠门，又跑到阳台隔着窗户冲着屋里叫，对占据自己卧榻的人表示出强烈的抗议。

邻居吴桐来串门，一下子就发现说：猫妈妈的一对碧眼盯着人显得很凶悍，阴冷冷的。可儿子偶尔从国外回家，她表示出很亲近很友善；儿子带来了媳妇，她也从来没有轰赶过。她把自家人和外人分得清清楚楚。

她眼睛里不揉沙子，家里偶然飞进来苍蝇、蚊子，只要被她看到，她会以迅雷不及掩耳之势扑咬，苍蝇、蚊子十有八九难逃她手掌。

大媞媞对先生可说是忠心耿耿，吃东西时她会找我喵喵叫着要，摆出一副不给不行的架势，可常常吃罢扭头就走，你想抱她是不干的；可先生一抱她她立即趴在他臂膀上，美滋滋的；先生从外面回来，只要一进走廊，她肯定跑到门前等着；只要先生在家，她一定卧在她眼睛看得到先生的地方；先生上网，她肯定会趴在他腿上，轰也轰不走；一次，先生在厨房炒菜，她居然跳到油烟机上不错眼地盯着他。我和先生开玩笑说：要真是有这么个美女这么钟情于你就好了。

儿子在国外，我们夫妻二人在家。按说男人在家总该让着女人，可我不行，人家能拉帮结派，他看电视，三只猫围着，他睡觉，也是被猫围着，我显得很孤独。尽管小媞媞从感情上和我更亲近，可在猫家族中她是弱者，爸爸依从威严的妈妈，她架不住也要跟着父母跑。细想起来，在任何有人群的地方，也是能够拉帮结派的人占上风，像小媞媞这样善良弱小的猫只能随着强者跑，唉……

雪白、柔软、光滑的长毛，为大媞媞平添了一种"贵"气。她气质高雅，洁白无瑕，并且有很多良好的习惯。她一生只有大咪咪这一个伴侣，而且大门不出二门不迈，是典型的宅猫。她喜欢洗澡，给她洗澡，她一点不闹，尤其天气闷热时，只要人洗澡，她会卧在淋浴间等着，人洗后顺便就给她洗了。她一直在专用的毯子上磨爪子，从来不挠家具，不毁坏东西，只是在她病危时从字台上碰掉了一个紫檀鲇鱼镇纸，碰破了点边皮。

　　自进了家门，她全是主动到猫盆拉尿，猫盆满了，她会叫着找人去换，绝不会拉尿在其他地方。在她临终的那天，我们恰巧出去买菜，回来时她躺在了厕所的猫盆旁，已经咽了气。猫盆里面有一泡尿，为了清洁，她用尽了自己最后的一点气力，临终，一身毛还是那么洁白。"质本洁来还洁去"，令人心生敬意。我们把她埋在了绿草丛中，旁边有一大丛修竹，旁边是她女儿小媞媞的墓地。过了几年，大咪咪故去后，我们也将它葬埋于此，这一家子的命运真不错，永永远远在此安息。

自然的气味

自然万物大多有其自己的味道，草香、花香、木香、果香、茶香、墨香，都会使人感到神清气爽、云淡风轻，带给人心怡的感觉。有时，来自自然的气味甚至会动人心魄，是不能也无法抗拒的。

去年初秋的假日，闲来无事，我和先生慕名到津门在一片湿地上建造的楼房观光，只想近距离看看湖景房的景致。踏入小区宽阔的大门，一大片刚刚修剪过的青草地的草香飘然入鼻，成排的梧桐、白果树挺立着幼小的枝丫。我心怦然而动。售房处的后面是一大片阔大的湖水，湿漉漉的水汽伴着绿树和青草，遥看远处的蓝天白云，令人感到久违的居家的舒适感觉。

幼时，我家住在市图书馆附近的一座欧式联体别墅中，二楼、三楼卧室对面是一座天主堂，胡同和天主堂的院子里有着一片小树林，有高高的榆树、椿树、槐树、丁香、桃树和海棠树。一早醒来，妈妈做的第一件事就是打开窗户，一阵阵清新的空气拥进卧室，树香花香伴着鸟语，人一下子精神一爽，睡意全消。记得保姆田奶奶家乡亲人来访，住在家里，农民的身上发散着的是一股黄土的气息，也让人感到十分亲切，我从来也没有嫌弃过他们。那时的空气是那么清醇，想想也令人陶醉。

婚后，搬过几次家，十年前购买的商品房原先在一条挺幽静的马路边，窗前也有几棵杨树。近几年，幽静的马路变得日益繁华，饭店、商铺林立，各种物品琳琅满目，交通四通八达，然而，伴随着交通和物质享受的便捷，现代都市的喧嚣取替了自然的味道，只要拉开窗户，来来往往汽车的噪音、饭店烟囱飘散的气味盈耳冲鼻，只得在一层窗内又安装了一层窗户，经常关得密密实实，以降低外界的干扰，减少内心的烦躁不安。

内心深处，我真切地盼望有一片宁静清香的地方，有一处温馨的家园。于是，青草的气味、自然的景致，对我们构成了无法抵御的诱惑，使我们做出了生平消费的最大抉择——购买了紧邻湖水和公园绿地、飘散着青草气味的楼房。

今年春天的假日，我们来到津门一家著名的红木家具店。我们在一套线条流畅、端庄大气的绛黄色白酸枝书桌书柜前驻足。我随便拉开了书桌的抽屉，一股上乘木料散发出的淡雅清香的味道飘然扑鼻。我又陶醉了，毅然买下了这套书桌书柜。

居室中做工精美的家具的清香令我们陶醉，我们的欲望一发而不可收。只要是公休日，就到家具城寻宝，买不起大件，就买案头清供的小件，几个月间，我们几乎跑遍了津门的红木家具店。红木家具的造型、样式、色泽和味道真是怡人，浸润其间，我们常常乐而忘返。可能是嗅觉敏感，很快，我可以辨别出许多种木料的味道。

身价昂贵、价格暴涨的海南黄花梨，有一种浓郁、凝重的香味，一个笔筒、一个花插，都是降香黄檀的根料，轻轻盘理后便令房间经久飘散着降香黄檀木幽幽的香气。那是一种很特别的香味，是沉郁的、含蓄的幽香，闻过之后，就很难忘怀。每天空暇时，我都会用力地用手摩擦那大笔筒，不一会儿，手上便生发出幽幽的香味。

以往，小叶紫檀以其雍容华贵、大气端庄，成为大家闺秀、豪门显贵做衣柜的首选木材，储存的衣服日久生香，妙不可言。我买了一个木质纹理纤细，色调深沉的小叶紫檀椰子料，用手轻轻摩擦，便可嗅到一股十分优雅、华贵的檀香气味，令人陡增敬意；后经雕刻家精心创作，雕成一山水画手卷，其优雅的创意、精致的雕工，更令我爱不释手。坐车、乘机时手中轻捻小叶檀珠子，心变得更沉静，一颗颗珠子变得黑亮莹润，包浆的效果十分明显。

一个绛黄色娃娃形越南黄花梨睡枕，置于床头，睡前醒后稍一留意，便会嗅到一股淡淡的香气。睡眠仿佛变得更惬意、更舒适。

一个大叶檀小盒，精雕着荷花、蚂蚱、花大姐，惟妙惟肖，生动有趣，细闻有一种甜腻的奶味；打开来，里面是一副深红色老红木筷子，充溢着浓浓的酸味。

随便打开白酸枝书柜，拉开字台、书柜的每一个抽屉，便会嗅到一股清新的香味，真有些妙不可言。

每一种木质本身的香味，都是自然天成，都值得你细细咀嚼、反复品味。即使不是珍贵的红木，长期存放后依然大都有其独特的味道——

松木有松脂香，柏木有淡香，樟木有浓烈的樟脑味，椴木有淡淡的油臭味……香椿有诱人的香味，人们之所以青睐香椿炒鸡蛋、香椿拌豆腐、油炸香椿卷、香椿咸菜，更多的是喜爱它的清香。

气味也是辨别真假红木家具的一个重要标志。曾经看到一套标价不菲的越黄大柜，打开来一股熏香的气味冲鼻，其真假贵贱便可想而知。一次，我于酒后买过一个有着漂亮花纹的大号笔筒，当时只顾花色没辨气味，误将新近进口的花枝木当作越黄，闹出了笑话。也曾经在家居卖场看到一种色泽很中意的"实木地板"，拿起来一闻，一股刺鼻的甲醛味扑鼻，避之犹恐不及，不可能再掏腰包"引狼入室"了。

如今，人们越发注意到环境的气味，美国兴起了一个新的装修热点——"空气装修"。据说在美国已经催生了价值数十亿美元的相关产业，产品也有了突破创新。

气味能够调节情绪，营造氛围。我觉得，中国古典家具温馨、厚朴的风格，清香、淡雅的气味，所营造优雅的氛围，是一种特有的享受，可以解忧，可以怡情，可以赋予人艺术的灵气，可以涤荡喧嚣世俗中疲惫的身心。嗅觉特别灵敏的我，常常陶醉于这种自然的香气中。

居所中有几件明清韵味的古典家具，一张书桌、一排书柜、一个博古架、几件小摆饰，加之一杯清茶、两幅字画，便可以浸润于中华传统文化与现代文明中，一种职业女性的自豪感、家庭与社会和谐祥和的幸福感常常萦绕于心间。

文玩木缘

人生在世，很多事物是讲缘分的，有人缘，有物缘。有的人相处了几十年，可能形同路人；有的人一见之下，便可能一见钟情。有的物件，可以随意抛撒；有的物件，志在必得，相伴终身。搞收藏，常常讲究缘分，有石缘，有玉缘，有画缘，有瓷器缘，有青铜缘，搞木件收藏，讲究木缘。

我可能算是有木缘、红木缘。对于红木家具，几乎是一见之下，就唤醒了儿时的记忆，相见恨晚、收藏恨晚的感觉油然而生；一经使用，便陶醉迷恋于珍贵木材幽幽的香味中。自此，悠悠岁月，嘉木年华，至今依然徜徉于红木之海。对于红木，我入门较晚，彼时，红木价格正在飞涨，对于海紫（海南紫檀）大件，工薪层的人，已无缘染指。加之对一些文玩雅器有感觉，有激情，我止不住地学习、搜寻、收购，几年下来，倒也收藏了几件心爱之物。

硕大的海黄笔筒

几年前的春季，我刚刚迷上红木不久，到津门几乎所有的红木家具店搜寻"捡漏儿"，出差在外，也留意起红木古玩市场。

那是在扬州开会，我注意到旅游景点的古玩店常常有许多文玩，可时间紧张，不及细看。会后到汪曾祺母校高邮中学，中午在一家饭店午宴，喝了一些酒，有点头晕脑涨的感觉。酒足饭饱之际，在饭店一层的古玩店中，我看上了一个大笔筒，直径足有四十公分。店主人打包票说是海黄的，如假包退。我看笔筒的花纹很漂亮，估摸着即使不是海黄也是越黄，这么大的笔筒很难得，即刻掏出刚刚收到的五千元稿费，兴冲冲地抱上了车。

回到家，越看越喜欢，把最心爱的小猫小媞媞放在了大笔筒内拍照。小媞媞跻身笔筒，也很高兴，玩累了就索性在里面呼呼地睡起了觉。

这么大的笔筒，五千元就拿到了手，我心里既高兴，又觉着不大踏实，找出了周默先生的《木鉴》，反复阅读，反复比较，觉得木质纹理和味道不大对，就抱着笔筒到我熟悉的红木店向行家请教。女老板肯定地说：巴西花梨木。

一出手，就打了眼，我心里十分懊恼，假海黄笔筒放在家里觉得很别扭，最终托朋友搭人情退掉了。

在我最为熟悉、在津门也最有实力的一家红木家具店的分店，两只硕大的黄花梨笔筒吸引住我的眼球。据店长介绍，那只硕大的、颜色较浅的笔筒是越黄的，另一只稍小些的是海黄的。那时的我，对于海、越木材知识知之甚少，只是对硕大的笔筒感兴趣，觉得置于写字台上肯定不错。可有了第一次的教训，加之新房装修在即，资金短缺，没敢轻易出手。

可能还是有缘分，我心里一直惦记着那笔筒，找借口拉着先生又到了那家店。反复观察、摩挲着那只海黄笔筒，先是动员同去的同事买，同事没反应；征得先生同意，我"拿下"了直径小些的海黄笔筒。女经理说，刚刚还有一老客户要买这只笔筒，没讲下价，到总店找老板去了。

抱着笔筒，由分店到总店，请老板鉴定，老板一愣，当即要多加钱收回。而他旁边一个小伙子更是瞪大了眼睛："这不是我要买的笔筒吗？怎么到你们手里啦？"原来他就是找老板讲价的老客户。此情此景，令我们很有"成就感"，难道是捡着"漏儿"了？

回到家细细察看，这是一个随形笔筒，木料接近树的根部，木质色泽花纹深沉大气，有着天然的几个树瘤。笔筒高近二十八，直径二十四公分，这么大尺寸的海黄，已是十分难得。拿细砂纸轻轻打磨，一股幽幽的香气飘然而出。我高兴坏了，当晚就将笔筒置于床头，一连几晚伴着笔筒而眠。

搬入新居后，我将这海黄笔筒置于门厅的红酸枝纽绳纹卷书琴案上，里面插着我亲手摘的一丛芦花，陪衬着画坛名家冯大中兄的一幅卧虎，显得既大气又文雅。

前不久，与一红木店老板聊天，他谈到他刚刚以高价卖掉一直径不足十七公分的海黄笔筒，谈到我这直径二十四的笔筒，他很惊讶，说是很难得，意欲收购或换家具，我拒绝了。能够得到稀有的喜爱的木件，我看重的是一种缘分、一种"成就感"。这不是仅仅用金钱能够换来的，岂能为了金钱而失去？

一对海黄镇纸

若论家具，古典红木家具有广作、苏作、京作几大流派；若论木雕，也有福建雕、广东雕、徽雕、苏雕等几大派别。我一直喜欢文玩，盯着文玩，惜之北方的木件文玩少于南方，喜欢上木件后第一次去广东，我铆足了劲儿，早早地联系好广东的木友，抓紧时间转了几个厂家。别人着意的是大件，我留意搜寻的是海黄和紫檀小件。先是在江门一小厂反复观看紫檀官箱、药箱和提盒。在南海一个厂家，竟然看到许多做工精致的小件，我喜出望外，尽自己所能，买到了紫檀镇纸、老红木底座和渴望已久的老红木承盘，喜之不尽。老板见我们兴致很高，拿出了一对海黄镇纸，我直觉感到脱俗，当即决定收藏。

这是一对臂搁式镇纸，二十公分长，十公分宽，上面有一瘦一胖两个僧人，瘦僧人脚前是一丛青草或青菜；胖僧人脚下是扫帚和簸箕。僧人上面有一副对联。对木头，我似懂而非懂；对雕工，我不懂；谈禅论佛，我更达不到如此境界。但凭直觉，我感觉雕工细腻脱俗，木材纹理沉着，一经摩擦便有着幽幽香味，一下子就喜欢上了，当即收藏。

晚餐时，我得意扬扬地展示一天的成果，受到一位著名画家的好评，说你能够淘到这般的文玩，还真不简单。我也是觉得这镇纸的阳雕篆书文字实在不简单，真怀疑是一位很有修为的文人所作。我们一边辨认，一边读着那对联——

　　一缕青衣苦中修，风雨百年普陀人；
　　吾骨吾髓真功德，吾皮吾肉安足论。

回家后，我抑制不住喜悦的心情，将这镇纸照片发到网上，征求木友和行家的意见。

有一木友说：因昨晚连续看了这镇纸三个多小时的缘故，睡觉前、睡醒前，脑海里都浮现这对镇纸。从纹理看，这对镇纸是大料而开，并非鬼脸繁多的四等材而作，而在当今能舍得用这样的大料开对镇纸的人，必然被人唾骂；从这对镇纸的意境、构图、诗句，反映出设计者的心态：苦行修为的禅家生活，在当今酒肉横流、纸醉金迷的生活中，这的确是一剂清心明目的苦药，作为文房用品，能起到警世的作用，陪伴你每一天，非价值能衡量，非朋友能做到；整体双面都采用了阳雕的工艺，这是孤独枯燥烦琐而又要打醒十二分精神的活，字体、人物的开脸，衣袖、垃圾斗的三维立体线条等，都反映了雕刻者的功底，人物、字体的雕刻，比花草山水的雕刻要高一层次，因为人物雕刻你只要错了一刀，那就得报废，人物是每个人天天看的。这种苦行的工匠精神，岂不是跟这镇纸的意境相吻合，工艺和意境的吻合，已经浸入心扉，感动不已……

我特地请教了佛学大师赖永海的一位博士，他写信给我说：

> 这工艺，其中一块画面上一位僧人扫地吃饭，非常
> 率性。我曾在寺院留宿并参加早课以及扫地，很有些感
> 触。寺内往往古雅干净，每日打扫并无污秽，其实佛教
> 对于吃饭扫地、行走坐卧等日常生活，是一种态度，吃
> 饭并非为满足口腹之欲，而是为维持躯体进行继续的修
> 为；扫地亦非是去污，实为修心。"劈柴担水，无非妙
> 道"。于平常生活中明心见性，体悟佛道。所以我觉得
> 这两块木雕还是很具有艺术性的。

我也曾向古典家具名家周鲁生先生请教，他拿着镇纸端详了好久，说是很不错，雕工是玉雕手法，他还送了我一块说是用故宫秘方制作的家具蜡，用以保养这海黄镇纸。有两位古典家具店老板很想要一点这家具蜡，我敬重周先生的情谊，一直和这对镇纸一起精心保存。

我不懂木雕，受此激励，找了本木雕的书读。这对镇纸的雕工是学竹雕，就像竹臂搁的留青工艺，为"薄地阳文"技法，又叫"去地浮雕"。其不像高浮雕能够游刃有余地刻出深浅层次，但高手却同样能在浅浮雕有限的高度上，让景物之间分出远近，产生层次，更加细腻地表现出深度的透视效果。去地浮雕很难，比透雕、深浮雕都难，对雕家要求很高，在业内称作"博意"，

只有在雕珍贵的材料比如琢玉时才用此种技法。这镇纸浮雕人物造型颇有艺术性，雕刻手法也很娴熟和服帖。当然，这镇纸主要是内容颇有意韵，其中的文化韵味已远远超越材质的价值。

紫檀手卷、海黄山水与瘦骨罗汉

记得去上海一位海黄收藏家家里观览，在他家两套房中看到几十件海黄家具，其收藏的实力令人咂舌，但真正予我以震撼的是两件海黄的随形根雕，一是他客厅台面上一块随形的海黄山水形根雕，一是他书房直立着的一块约一尺宽、一米长的海黄木柱，上面刻着"人生短苦"四个大字，十分醒目。用曹操"短歌行"之意作为座右铭，时常提醒着他不能虚度光阴，展现出这收藏家的气度、阅历和修养，体现出他人生的境界和追求，令我仰慕。

从此，拥有这样一块心仪的随形木雕，成为我的一个心愿。我也试图从商店和网上购买，但精心搜寻了几年，真正中意的几件，已经是"天价"，而众多的雕件取材、造型平庸无奇，大量的复制，繁复的线条，毫无独到的创意，只能称其为"工艺品"。看来，若想得到自己心所想、情所系的木雕艺术品，必须自己参与创作！

我去了天津的古玩市场，满街人头攒动，拥挤不堪。只得到市场边上观看。一个紫檀梆子吸引住我的目光，我拿起来反复观看。那梆子确系印度紫檀老料，上手后感到沉甸甸的，用手把玩，手掌留下红色的痕迹。用水洗干净并不断地把玩后，梛子的颜色很快变得深沉，并发出幽幽的荧光。不久，那小叶的梛子经一雕刻艺术家精心创意并雕琢，雕成一书画手卷——"听泉图"，成为一件艺术品。这是我第一次请人雕刻木件。这"听泉图"挺形象，也有艺术蕴含，但我总觉得物件小，不够大气，心里存有一种不满足感。

我搜寻了好久，买了好几块海黄根料，但从形状到体积都不很理想。前不久，从网上看到一商家挂出的海黄木图片，此料处于树根的上部，很大，五十公分高，三十公分宽，净重十五斤，典型的紫油梨，十分稀少而珍贵；偏偏其造型又很好，天然的山水形状，是块雕刻的好料。卖者说，这木料他存放了好久，如果请到合适的人雕刻，价格会翻上几番。

请谁雕刻？我也很费斟酌。木件雕刻，基本上是随木而作，没有图纸可以参考，没有尺寸可以依凭，没有样板可以模仿，成败仅此一件。从事这个行业的，"匠人"居多，真正的艺术家少；"精工"好寻，有艺术创意和高拔境界者少。其难度，比制作家具要高多了。可是，一块可堪造就的木料、竹子、石头，经过精心的设计、精湛的雕琢、艺术的再创造，可以化腐朽为神奇，梦笔生花，化蛹为蝶……

我很喜欢这海黄料天然的山水形状，我设想在上面雕一人物，最好是老子、庄子，下面配一石头底座，再在山壁上镌刻"云山入怀"或"天高气静"四字。我收藏有冯大中先生"云山入怀"书法横幅，很想将他的题字镌刻在木件上。简单大气、格高气阔，是我追求的风格。

我先是想到我所熟悉的"会意山房"，其主人善根系安徽人，徽雕以细腻、生动、文雅见长，善根原先擅长石雕，后改木雕，以雕刻黄花梨、紫檀等珍贵木件为主。我收藏有他的紫檀手卷、海黄巨笔和芭蕉雕件。善根很喜欢这块木料，只是他手中没有合适的石头，雕刻人物也不是他的长项。经过反复斟酌、比较，我将这块海黄料交给河北一个年轻的雕刻家拓云雕刻。拓云原本是学油画的，改行从事木雕，故其雕刻很有立体感，尤其是能凸显人物的立体感。我收藏着他的紫檀镇纸《牧牛》，也曾经想请他雕刻其他物件，他看过我手中几幅根料的照片，都不满意；这次从网上传过图片后，他很有感觉，我和先生专门去到他位于河北青县的工作室。除了雕件，他的桌子上摆放着好几种有关老子的书，很明显，他正在研究老子，在海黄木料的左下方雕老子，我们一拍即合。

经过四个月的时间，海黄木雕"云山入怀"完工了。矗立在我面前的木雕右边为高山峭壁、飞流直下的高山瀑布，左面山脚下有一老者独自静立，长眉下垂，胡须飘飘，慈眉善目显示出宅心仁厚，光亮而突兀的脑门闪烁着智慧的光芒。下面辅以一大块乌木底座，高山山壁上"云山入怀"四个大字赫然入目。这件木雕简单大气，高贵不俗，至今摆放在厅堂画案上。

在津门我熟悉的那家古典红木家具店，有几件紫檀摆件，其中，有紫檀观音、关公、海黄花插、果盘，最吸引我眼睛的是一尊紫檀达摩。我第一次见到达摩，是多年前在开封少林寺，十年面壁苦苦修行的达摩，曾经予我心魂以震撼。

这尊紫檀雕刻的达摩，背倚山藤半盘腿而坐，一字连眉，双目微阖，两耳过肩，袈裟半落，凸现根根筋络的双手，苍劲有力，生动传神，现出达摩雍容大度、气定神闲的神态，阅尽人间万物的沧桑感。我在看到这尊紫檀罗汉的瞬间，直感到世界仿佛在那一霎凝固了，我被其震慑住了，一种"敬畏"感从心底油然而生。

其实，中国现在不太需要俊男美女"小鲜肉"，需要多些"罗汉""天神"，其可以叫人"敬畏"，叫人心灵中有"底线"。没有了"敬畏"和"底线"，什么丧尽天良的事情都干得出，什么损人利己的事情都敢干，往婴儿奶粉中加"三聚氰胺"，往食品中添加有害物质……

我觉得，当今之世，人心浮躁，物欲横流，将财神貔貅等置于厅堂不免有些入俗，供奉一仁者智者，有一种"敬畏"感时时敲打着自己，警示自己和家人，超越世俗，获得心灵的宁静。而我的收藏，也像一枝细小的藤蔓，或一片幼小的枝叶，一点一点地往上爬，虽然缓慢，却足以让我品尝着这过程中的乐趣，享受着成长的喜悦……

写于 2009 年春

木　痴

　　我也弄不清，中国的古典家具怎么有着这般的引力，好像吸铁石，能把好好的人，紧紧地吸附在自己的载体——红木上。自从下了红木这个"海"，我结识了一批"木痴"。"木痴"，是极度迷恋和爱戴红木制品的人。说"痴"，这些人可不呆不傻，不仅不呆和不傻，而且大多属于高智商，其中很多是有着很高文化品位和艺术修养、有着成功的事业、有着经济实力的人士，可一旦进入了这个"海"，就有些像吸食了鸦片，再也拔不出腿来。我听过多种精彩的故事，也交往了几位洒脱的人物。

　　第一次见到木痴是在津门一家颇具影响的红木家具店。我之所以喜欢上红木家具，就是在认真观赏品味了他们的家具之后。第一次到那个家具店，看见一位高个子男人在不停地擦拭文玩小件。我们与售货员谈话，他总是一边擦拭着，一边倾听着。当时我就觉得此人的气质不凡，后来知道他是老板，而且是颇具实力的老板。他每次领我们观看店里的精品，总是不停地抚摸着那珍贵的家具，显示出对红木的痴爱，加之他为人的低调，给人以儒雅的感觉。熟悉后，每次到他店里，总要坐在他那套老红木椅子上，用精致的小叶紫檀茶盘和紫砂壶，喝上几盏陈年普洱，细细品赏他的红木精品，久久沉浸在一种特有的氛围中。

一到那家红木家具店，我们经常会碰到一对年轻的夫妻。小伙子壮硕，是一个挺有实力的老板。小老板体力充沛，好动好玩，据说过去是吃喝嫖赌什么都干，自从迷恋上红木，什么都戒了，一有时间就跑红木店铺和作坊，乐得太太四处陪他淘宝贝、选物件，夫唱妇随，生活变得愉快、丰富、充盈起来。一木友说：男人嘛，除了工作，肯定有剩余的精力，爱上了木头，把精力、注意力和金钱都用在了搜寻木件上，哪还有闲心、闲钱泡歌厅、舞厅和女人？

有个警官，本身是防暴大队队长，亦文亦武，也是个木痴。独生女儿嫁了个标致、心眼儿也活泛的会计师。他把家里的各种红木家具、摆件一五一十地反复介绍给女婿不说，每逢休息日，这老丈人就拉上女儿、女婿逛红木店、古玩店，教他分辨各种红木、各种雕工、各种造型。没多久，女婿就上了道，"红木"套牢了他的心。有了孩子，才几个月，就整天抱着黄花梨的珠子啃；又一套新房入住前，女婿女儿信誓旦旦：非红莫入！女婿一心治家，家庭和谐，自己的收藏是保住了，我想，这老丈人目前肯定是偷着乐了。

不疯魔不成活！这是木迷们自豪的表白。机缘巧合，我结识了一位顶级发烧友，是个"海归"，在日本东京大学学了七八年市场流通，又在德国、意大利做生意，回国后担任跨国公司的CEO，其间，痴迷黄花梨和明清古典家具。年近五十，下定决心要干自己喜欢做的事情，舍弃年薪一百万美金的职位，投资五千万，一趟一趟地飞到海南，跑遍了海南岛各地，"稳""准""狠"地购买海南黄花梨木材。他聘了几个木匠雕工，为他制作各种海南黄花梨精品物件，用于个人收藏。如今，小件不论，单是海南黄花梨家具，他收藏了就有上百件，其中有不少精品美器。去他家观赏，一下电梯，一股幽幽的海南黄花梨香味就沁人心脾。几年来，海南黄花梨价格上百倍飙升，他收藏品的价值可想而知，成为享有盛名的成功商人兼海南黄花梨收藏大家。谈到海南黄花梨，他一往情深地赞叹——

> 空谷幽兰，不见盛开怒放之花朵，却能闻其清新淡雅，回味无穷；
>
> 垂帘美人，难睹仪态万千之芳华，却可听其环佩叮咚，遐思无限。
>
> 堪比幽兰者，海南黄花梨也；胜似美人者，海南黄花梨也！

不疯魔不成活！木迷们原本都是比较有经济实力的，但架不住看见喜欢的木件就想买，这红木的价格不断上涨，有多少钱也填不满这无底洞，为了买木件，很多人勒紧裤腰带省吃俭用，不仅小金库曝光充公，连存款都是负数了。有多少木迷在破产边缘挣扎，在痛苦与快乐之间游走，在狂喜与悲痛之间煎熬啊！这是许多木友真实现状的写照！一木迷偶然间得到一块黄花梨木头，自己磨成一对木质文理十分漂亮的镇纸，喜出望外，激情涌荡，发出一妙比——"天上掉下个林妹妹！"众网友祝贺声一片。

女人喜欢温馨浪漫的东西，喜欢多彩的色调，大多喜欢现代欧式家具，这给一些执着的男性木迷带来了巨大的烦恼。一位木迷按中式精心设计、装修了的新房，为妻子所不接受，十分苦闷；看着红木价格的飙升，一木迷把存放在厂家的一棵小叶紫檀料拖回家中，疲惫至极，一不小心把新安装的地砖拖出了一道红印，怎么也擦不掉，妻子生了气，引起了轩然大波，一气之下，他砸坏了越南黄花梨椅子，心痛不已，当晚服用了"速效救心丸"。当初买一套圈椅加几一共花了两万，如今修这一把椅子厂家索要一万多"银子"！木友半开玩笑半认真地说：应该请厂家在圈椅背板上雕刻"制怒"二字。

不疯魔不成活！这是一名红木发烧友的自白。他太太说，他晚上做梦都叫着：黄花梨！其原本是拿着高薪的经理，凡事都可以动嘴不动手，可为了自己心目中的美器，每逢双休日，他总要驾车到几十里、几百里外"淘宝""捡漏儿"，一趟趟地跑，一次次地寻，淘到了不少珍稀的宝贝。收藏的过程中，他买了许多书，经常阅读，当看到宝贝真实地放在面前的时候，他会马上联想起书本的介绍，喜悦之情，从脚丫直冲脑门，那种兴奋，比中彩票还幸福！为了心中的美器，他经常自己动手制作修整小件藏品，辛勤地劳作、体验并快乐着。双手不知道有过多少刀伤，起过多少水泡，依然乐此不疲。哪怕一个插屏、一块随形木根、一个面盆架，能够参与创制，这本身有无尽的快乐……其实，干什么都是过程最美妙，人生如此，收藏也如此，关键在于静心地体会和品味出其中的滋味。

我是一名职业编辑，我编辑的第一篇散文，是收入中学语文教材的《钻石，你在寻找谁?》。这为我的编辑生涯定了位，多年来，我尽心尽意地组织、编辑好书佳作，每编一篇好稿、一本好书，一种"成就感"都会自心底油然而生。以往的节假日，我基本上是在家中陪伴着书本和稿件度过的。"有意义"成为我多年生活和工作的追求。自从迷恋上红木，生命掀开了新的一页，生活变得日益丰富和有趣，"有意义"变成了"有意思"。我深深地迷恋着红木的气味、纹路、色泽和明清古典家具的造型，双休日基本的安排是逛红木家具店或擦拭家中的红木物件。对熟悉的家具店的精品家具我反复地看，细心地琢磨其木质、工艺和细节处；家中的每一个红木物件都被擦拭得光可照人，小件文玩很快就包出浆来。在习惯上，我有一种洁癖，不愿意用别人用过的器物。但对红木的痴迷，使我改变着以往的习惯。比如前不久在地摊上买到了一个小叶紫檀的梆子，用清水洗过三遍后，我已经"爱不释手"了。见到破损的老家具，也情不自禁地细细地端详，不时还用手抚摸。我觉得，既是收藏，就必须是精品。材质要真，工艺要讲究，做工要优良，要有艺术品位。家具是每天陪伴着你的物件，如果你身所寄、魂所依的有几件精品美器，那是最高的自然和艺术的享受，是每天都可以享用的精神的盛宴！那小叶紫檀的梆子，经一雕刻艺术家精心创意并雕琢，雕成一书画手卷——"听泉图"，成为一件艺术精品。这也提升了我欣赏、收藏红木艺术品的层次和品位。其实，"有意思"地干事情，往往会事半功倍，我会很精心地组织和编辑一些收藏类图书和佳作，生活和工作会既"有意思"，也"有意义"。

木痴们心中都有一盏灯、一个偶像，都有一个梦。这个偶像，就是"大玩家"王世襄先生。

作为文物学家，王老一生从事文物研究事业，研究范围相当广博。对属于文物研究领域中"显学"的金石、书画、雕塑和建筑，王老都有着极为精深的研究和著述；对当时鲜为世人所关注的家具、漆艺、刻竹、范匏、火绘、竹木牙角雕刻和匠作则例等一些具有工艺性质的领域，王老也都进行了披荆斩棘般的研究和著述；至于豢养飞鸽、猎鹰、獾狗、蟋蟀等界于文物与民俗游艺之间的种种器物，王老不仅有着丰富的收藏，而且进行了系统的挖掘、整理和深入研究，潜心撰写了足以填补这些方面空白的皇皇专著或绝妙文章。在这诸多研究领域中，王老绝非浅尝辄止，而是进行了长达数十年的收集、整理和研究，其研究成果有些至今也无人能望其项背。是真正"玩"出了学问，彰显出品位，对中华文化和艺术做出了贡献的"大玩家"。

在明式家具研究上，王老以其深厚的历史学、文献学、艺术史学、美学和民俗学等综合学养，历时数十年编撰了《明式家具珍赏》和《明式家具研究》两部巨著，而当这两部巨著在海内外先后出版后，遂成为明式家具研究者之必读书。不仅成为国内学者、木迷和文化爱好者的经典，也成为海外学者和研究者的范本。相继出版了中文简体版、繁体版，英文版，日文版，法文版，德文版……

多年前，为了收藏当时被忽视、被遗弃、散落于民间的木器，经济不富足的王老经常骑辆笨重的破自行车，穿行于北京市区和郊外，叩故家门，逛鬼市摊，费功夫、拼心力、尽体力，四处淘宝。因此而赢得"穷王"的赞誉。这里的"穷"字，不单单是指王老当年惯以极少资财购得珍稀藏品，更表示出众人对其不惮艰辛搜求藏品精神之赞叹。

50 年代初，王老在通州古楼北小巷内一个回民老太太家看到一对机凳，无束腰，直枨，四足外圆内方，用材粗硕，十分简练朴质，非常喜欢。老太太说：我儿子要二十元，打鼓的只给十五元，所以未卖成。王老掏出二十元递过去。老太太坚持要等儿子回来。王老等到快天黑他儿子还没回来，只得骑车回北京市内，准备过两三天再来。不料过两天王老竟然在东四牌楼挂货铺门口看见打鼓的王四坐在那对机凳上。王老要买，王四要四十元，恰巧那天王老没带钱包。待他取钱回来，机凳已被红桥经营硬木材料的梁家兄弟买走了。为了得到这对机凳，王老每隔些天即去梁家一趟。兄弟二人每人一具，就是不卖。历时一年多，去了近二十次，最终花了四百元才买到手，恰好是通州老太太要价的二十倍。

作为收藏家，王老的收藏方式堪称奇特绝妙，历经几十年不懈的努力和积攒，历经了几十年的风风雨雨，王老所收藏品可谓是琳琅满目、美不胜收，其收藏境界更令人钦敬仰慕。

他相濡以沫的夫人袁荃猷去世后，王老害怕睹物思人，将夫人的遗物唐名琴"大圣遗音"在嘉德拍卖会上拍出八百九十一万元的高价，创造了中国古琴拍卖的最高价格。不久，他夫人一个学琴的学生到他家帮助整理物品，事后，王老指着另一把宋琴说："你拿走。"学生愣了。王老说："送你的。"就这样，轻轻一挥手，价值几百万的名琴就送给了这学生。

上海博物馆明清家具馆陈列收藏的许多珍贵的家具，都是王老几十年间花费了无数的心血和精力，通过种种方式购买收藏，最终借手香港庄氏集团捐赠给上海博物馆的。价值大几个亿的珍贵家具，据说王老只找庄氏要了一套现今居住的芳草园的住房，条件是庄氏必须将所购家具捐赠给上海博物馆收藏。如今，上海博物馆已成为木迷们向往和"朝拜"的圣地。

因职业关系，我结识了很多名人，从不发怵，如今痴迷红木，也自然成了王老的"粉丝"。终于找个机会去芳草园王老家"朝拜"。自从夫人去世后，老人忘不了相濡以沫的红颜知己，一进门左首，摆放着夫人的遗像和鲜花……那种氛围令人感到很难受，我变得拘束起来，绝不敢像到了其他人家那么随便，不敢近前欣赏抚摩那珍贵的家具，更不敢拍照。

今天，年轻的木迷们十分崇拜和敬重王老，一木迷说：因为襄老，越来越多的中国人认识到，在泱泱中华文化五千年的琴棋书画、诗辞歌赋的背后，还有一片叫作明式家具的新大陆。另一木迷说：感谢襄老，让我们懂得了什么是真正的中国文化，什么是真正的明清家具，什么是真正的玩家。"由我集之，由我散之"，多么宽阔和仁厚的胸怀！

那位大气而自信的海南黄花梨的大藏家说：我从来不崇拜任何人，唯一崇拜的人是王老，王老的书极大地影响了我的人生。我今后的人生将永远与明清家具和建筑分不开了。

明清古典家具从一个方面传承了中国古典文化和艺术，体现了中国古典文化和艺术"美"的魅力。这种美，如同中国传统的思想一样，不张扬，不招摇，很深沉，很大气，魅力永恒……只有真正懂得中国古典文化和艺术的人，才能真正深入体会到其中精髓。

红木，尤其是海南黄花梨是不可再生资源，这造成了明清古典家具价格不断升高，再喜欢，再痴迷，一般人已经很难大量收藏。道行高的，追求境界与修为，对他们，"黄"与"紫"已不重要，能有一两件钟情的红木物件、一把壶、一杯茶、一本书，浸润于一种特有的氛围中，优哉游哉，简单的生活也变得富有，平添出丰厚的韵味来。在嘈杂的尘世，能够获得如此平和的心境和状态，真的比什么都重要，这可以说是真正品味出中国古典家具的精髓，获得了真正的无形的宝贝！

寻茶之旅

　　茶的故乡在中国，从神农尝百草发现茶始，已有五千多年的历史。中国茶区分布之广，种类之多，饮茶之盛，茶艺之精，堪称世界之最。茶和陶瓷一样，曾经是中国的同义语和代名词。两千多年前"丝绸之路"的繁荣，见证了华夏文明与世界文明的交融。茶，既是路上也是海上丝绸之路最为重要的商贸物资，古丝绸之路，也有古"丝茶之路"一说。

　　自古帝王将相、文人墨客、儒释道三教中人，还是平民百姓、贩夫走卒、梨园坤伶，都与茶有着不解之缘。老百姓柴米油盐酱醋茶，雅人聚会琴棋书画诗酒茶，杯中日月小，壶中乾坤大。茶既是入口之物，也是入心之品。茶，以"和"，以"静"，以"品"，更是与文化人结下了不解之缘。书写茶的诗文、文人与茶的逸事，可以说数不胜数。

　　幼时，我家居住在津门和平区承德道，临近的吉林路上，有一个土产公司茶叶加工厂，每当路过此地，空气里总久久飘散着茉莉花的香气。我的父母和奶奶，常年喝的都是茉莉花茶，偶尔，我也会喝上一口。有时，我会和妈妈一起，步行到不远处和平路上的正兴德茶叶铺，买上一包茶叶，售货员会包成方方正正的一个纸包，内里是一层本色白纸，外面是一层粉红色纸。拿着纸包，我会久久地闻，茶叶和茉莉花的清香沁人心脾。至今，我的哥哥姐姐一直延续幼时养成的习惯，一直喝着茉莉花茶。

改革开放后，社会生活发生了深刻变化，进入文学出版界工作，我个人与茶，也是结下了不解之缘。

刚开始工作时，办公室中，老编辑玻璃杯中那一缕清茶香气，在室内袅袅飘散。这拓展了我的视觉和味觉。由于和文学艺术家交往，慢慢地，我也学会了品茶喝茶，明白了品茶喝茶，更多的不是生存方式，而是对精神的追求，是一种对高贵生命方式的追求。

记得第一次去韩美林老师家，他让助手泡上了一杯绿茶，一个高腰长玻璃杯，大约有三分之一的茶叶，浓浓的、酽酽的，喝到嘴里略感苦涩，但一会儿嘴里就发甘，而且伴着一股清香。这么多年，每次到韩老师家，都能喝上新鲜的、上等的绿茶，尤其是韩老师娶了现任夫人杭州姑娘周建萍后，待客的茶几乎都是茶中之王"西湖龙井"了。十年前，我带一位按摩医生去韩老师宅，按摩完，已经是晚上10点半了，韩夫人叫人泡了一壶上等普洱茶，茶汤都是红色的，面对如此好茶，忍不住喝了两小杯，激动加茶多酚的作用，弄得我一夜未眠。待第二天7时早餐前，韩老师将晨起画的两幅小画赠给我俩。

那年，一个阳春三月，受中国国际茶文化研究会书画院李茂荣先生邀请，来到杭州市龙井路中国茶博物馆，研究会就在此办公。博物馆居于杭州西湖龙井茶产地双峰一带，有茶史、茶萃、茶事、茶缘、茶具、茶俗六个展厅，从不同角度对茶文化进行诠释。

　　李先生带着我来到附近小山坡上一个茶馆，用泉水泡上一壶正宗的西湖龙井茶，边喝茶边聊天边欣赏周边的美景。茶博馆周边群山环绕，泉水叮咚，一眼望去，绿油油的，是一大片一大片漫无边际的茶园。坐在竹椅上，观小桥流水，亭台楼阁，看杯中碧绿叶芽，品香醇清茶，感受着良辰美景，人也飘飘欲仙了。这场景，也成为生命中的记忆，永远也抹不去了。

　　作家老友李存葆喝茶很有特点。他是山东诸城人，每次聚会，总要带上他的家乡茶——日照毛尖。每当大家围坐一起，存葆兄总要从口袋里掏出一个锡纸包，嘱咐餐厅服务员泡上他的日照毛尖。如果早已泡好其他茶，存葆兄也常常摆手让倒掉。似乎只有他带的家乡茶最上乘、最有机、最有益无害了。他对家乡茶的自豪感，一览无余。日照地处山东东南部，光照充足，雨水充沛，冬期长，昼夜温差大，茶叶生长缓慢，毛尖色泽青绿明亮，清香且耐冲泡，一般可以冲上五六泡。近些年，存葆索性买上一块茶园，雇人管理，每年收获的茶叶专供自己和友人饮用。几位要好的画家每年可以得到几斤，我们几位编辑好友也可以得到馈赠，疫情期间，他一次就快递寄给我 2020 年春茶十二袋。外粗内细的他将锡纸茶包装在两个塑料袋里，每个袋子有一个字条，注明一包是头茬，一包是二茬。

2014 年初夏我带几位文友去本溪看望冯大中先生，对远道而来的朋友，大中先生很是热情，亲自开的院门。大门右手边的水井沿上，放着一个提篮，装满了刚刚用井水洗过的水灵灵的红杏。他先是带大家在他艺术馆园中漫步浏览，一一介绍他心爱的绿植山石；进画室后，他亲自冲水泡茶，我一见那碧绿透亮的茶汤，便知是存葆兄所赠日照毛尖春茶，一问果真如此。其实凡属画家名流，好茶断是少不了的，可存葆兄的茶喝着让人放心，又醇香耐泡，多年来，已成为几位他好友的首选。

退休后，也有了网络，我时常会精心挑选些各地名茶，口碑都是百分之九十九以上顾客好评的。一是用于自己品尝以往没有喝过的茶叶；二是用于送文友，我觉得以茶送友是文人最好的礼品。2018 年赴洛杉矶开会，得知一直尊崇的王鼎钧先生肯于见我，我给鼎公精心准备了见面礼——两盒他家乡的绿茶山东日照毛尖。我带着这两盒春茶，从北京到美国的旧金山、洛杉矶，内华达州的拉斯维加斯，亚利桑那州的凤凰城，再到美国东部的纽约，这茶经历了一路的山山水水，经历了飞机、大巴上的颠颠簸簸，也经历了初夏的热浪，不知这茶是否还是鼎公心目中的味道。但这表达了我的心意和情感。

当散文编辑，帮助过多位作家发表作品、出版书籍，退休近十年了，一直还有作家给我寄赠茶叶，至今没有间断过。绘画、散文兼修的画家陈奕纯先生，年年都会寄赠品质上乘的名茶，我收到过春天的徽州毛尖、秋天的安溪铁观音、潮州的凤凰单枞，还收到过十年的福鼎白茶、陈年的大益普洱……每每收到文友惠寄的茶叶，我都感到文友的一片隆情厚谊，感念文友的真实性情，心头都会涌荡起一股暖流。

2019年，缘于网上购物，一款"原始森林""高山野茶"跃入我眼帘，看名字就让我想起连绵的高山，满目的绿色，汩汩的山泉，尽管看到价格比一般的茶贵很多，但大多懂茶的顾客给予很高评价，觉得物有所值，我忍不住买了两盒，也想尝尝鲜。这野茶，装在了一个长方形的墨绿色铁皮盒子里，外面有一个金色的锁扣，简洁而不失优雅；里面是一封手写信函，介绍这款茶叶和冲泡茶的注意事项。我迫不及待打开锡纸袋，里面是一颗颗碧绿色的茶尖，按信函的方法冲泡后，眼前是一杯汤色清澈的绿茶，一丁点杂质都没有，一片片叶片都伸展开来，抿一口，只觉一股清冽之气徐徐入口，很柔，回味很甘；第二泡味道更醇，一股原始的醇香直入脏腑，沁人心脾。

现在市面上的茶叶很多很多，可以说是琳琅满目，鱼龙混杂。想要喝到品质高一点、味道好一点、价格合理、饮用放心的茶，是需要认真挑选的，我喜欢这种挑选和品味的过程。也是一种缘分，让我喝到这款色泽、味道、口感都十分之好的"野茶"。

后来得知，这茶老板创业三年，痴迷于"只做野茶"，每年多日在福建、江西、湖南寻茶，骑个摩托车，出没于深山老林中。两年前，他在江西的深山中偶然发现了很多野茶，与乡民办理土地流转手续，修理了一些杂树，露出了茶树，成了小的茶场。真正的头茬春茶产量很低，只拿出五斤在网上销售，很快就脱销了，我喝到的是二茬。

今年与这老板加了微信，非常喜欢看他的帖子：一喜看他所拍照片，常常是郁郁葱葱的森林，草木青翠而繁茂，居于大城市是很难看到的；再者喜欢看他的文字，常常一两句话，简短而"有料"——

没有伤痕累累，哪来皮糙肉厚。（摩托车被摔得坑坑洼洼。）

活过来之后，还将油门一拧到底！（跨上摩托车前行。）

绝处必定逢生。（山路上堆满了石块，堵住了道路。）

不要觉得我茶很贵，有时候真不知道下一秒会发生什么。被困两小时了，趁还有信号……（无路可走了。）

不经一番寒彻骨，哪有清茶扑鼻香！

小青在独自休息，素贞在哪儿呢？（图片为茶丛树枝上的一条青蛇。蛇经常出没于石缝、茶丛中。）

自然界的茶青，苦涩是常态，经过千揉万捻，水深火热，由涩转香，化苦为甘。

又要一个人走夜路，一把鼻涕一把汗……

今天不是摔怕了，而是摔累了！上山容易下山难！（图片为推着摩托下山。）

你有没有想过，在这深山里找茶，有的人付出生命的代价！（图片为山洼中长满了青草的坟头。）

茶，不应该是流水线上的产物，应该有个完整的生态系统！应该和各种奇花异草、百兽鸟虫共同自然生长！（图片为爬行在茶叶上的虫子。）

从这些帖子，可以想见他寻茶之旅的艰辛。可以想见他骑着一辆摔得伤痕累累的摩托车百折不挠、飞奔前行的样子。我与他未曾谋面，却很是羡慕和敬佩他这充满冒险精神的寻茶之旅。出于对他寻茶之旅的好奇，我在网上观看了他的直播。他深情地讲：中国茶传承了几千年，影响了世界，在我们手上的茶不应该是规模化的产品，不应该像蔬菜一样标准化种植。茶是有生命的，是应该敬畏的，每一片山岭，它的土壤、气候、植被，形成了其独特的生态链，赋予了茶独特的灵气。我很感动，我看到了一位有理念、有情怀、有追求，也勇敢实践的有为青年，看到了他寻茶的嘉木年华。

"家茶不如野茶香"，野茶生于深山老林，吸天地之灵气，取日月之精华，未经污染，没有异化，自然有一种原生态色、香、味蕴含其中。茶圣陆羽在《茶经》中也讲过："茶者，南方之嘉木也。""上者生烂石。"这痴迷于"只做野茶"的青年人于南方的深山老林、荒山野岭、烂石堆中找寻他的理想、他的梦。

此时，看着玻璃杯中上下翻滚、一点点绽放开的青翠叶芽，一股令人陶醉的清香从杯中飘溢出来。其实，经历了多年的职场打拼，经历了 2020 从春到夏，从夏到秋，现今依然在世界多地蔓延的旷世疫情，我更多地喜欢简单而真纯的生活方式。"钟敳馔玉不足贵"，绿色的原生态的生活已经成为一种享受，成为一种精神和物质的奢侈品。每天一日三餐外，再有一杯原生态绿茶陪伴，足矣。

第 二 辑

自自然然的生命

母亲就像自然中的一株植物，就像阳台上那株黄菊，自自然然地生长，自自然然地开花结果、落叶归根，完成她平凡而短暂的生命过程。

一年一度的重阳节又快到了，怎样祭奠过世周年的母亲呢？望着阳台上纷纷绽开的黄菊，我的心一阵阵发颤，沉入了深深的思索中。

对于故去的父母，人总会有一份牵挂、一份思念，相比较，我更多地想到的还是母亲。因为，父亲去世早，母亲去世晚；父亲坚强，母亲柔弱；父亲喜静，母亲却耐不得寂寞。若在往年，这么长时间没有见面，母亲不知会多少次地念叨我们。

细想想，自打奶奶过世，家里不知不觉变成了以母亲为中心。这主要是缘于父亲。严厉的父亲一直把母亲视若掌上明珠，万般呵护。他挂在嘴边的一句话是："你怎么样？"一早醒来，会对母亲问一句："你怎么样，睡得好不好？"变天气了，会问母亲："你怎么样，冷不冷？"外出回来，又会问："怎么样，累不累？"

其实，从表面上看，母亲并没有什么特别出众的地方，可是，却能使才貌出众、少言寡语的父亲对她一往情深。

母亲是聪慧的，从长远看，聪慧的女性可能对男人更具恒久的吸引力。母亲往往一点就透，过目不忘，从小就被视为才女。在南开中学读高一时，因病休学一年，靠自学没有耽误学业，高中毕业时以南开中学全校第六名的成绩，考上了赫赫有名的燕京大学（现北京大学）特生物系营养专业。时1937年，燕京大学总共才五百零一名学生，校长为司徒雷登，教师也有很多洋人。一上课，母亲蒙了，数、理、化全部英文授课，听起来十分困难。她咬紧牙，蓝布大褂，埋头读书，一年过后，便成为班里的佼佼者。我保存有一本燕京大学1941年图册，里面有妈妈的毕业照，戴着学士帽，很漂亮，两只眼睛闪烁着自信的光。毕业后她进入协和医院营养室工作，婚后才到了天津。

可惜，母亲的专业没能适应新的时代。自五六十年代起，营养专业被视为资产阶级生活方式的产物，在医院里，营养师也受到歧视。尽管母亲是营养室主任，她的实际地位还不如掌勺的厨师和采购员。我很不情愿和母亲一起到她的办公室。那办公室很小，有一张小床、一套办公桌椅，办公室与病人食堂相邻，房间外面有一面小黑板，写着病人每天的食谱，我印象最深的就是鸡蛋菠菜、肉片冬瓜、白菜豆腐等菜品。物质生活的贫瘠，连我的心里都觉得这营养师似乎可有可无。母亲倒也没有任何怨言，她平静地对待现实，淡泊名利，对生活和工作随遇而安。其实，后来我才明白，有着作为营养师的母亲，我们是很幸运的。我们兄弟姐妹四个人，身体素质都很好。母亲怀胎七个月产下了姐姐，是著名的妇产科专家俞霭峰接生的。由于不足月，出生时的姐姐才五斤多，母亲产后又没有奶，姐姐成活都很困难。可由于母亲的精心喂养，姐姐身材修长挺拔，亭亭玉立，至今身体康健。即使是在自然灾害、社会灾难严重的时期，母亲也千方百计让我们吃好，不惜把她过去的金银首饰几乎全部变卖了。自然灾害时期，全家老少身体都很好，只有妈妈患了浮肿病，妈妈用她的营养券买食品给全家吃。我印象最深的，一是保证奶奶每天吃一个鸡蛋；一是只要弄得到，一家都吃炒豆腐渣，妈妈说这是对身体最好的东西。

父亲是个戏迷，闲暇时，经常守着半导体听京戏，有了电视机，首选也是戏曲节目。母亲没有这么投入，但是一经谈起戏，谈起剧情发展、人物命运、戏剧背景，以及演员姓甚名谁，往往是母亲谈得头头是道、有来道去的。

毕业于圣约翰大学经济系的父亲一直在北京工作，小时候，对我们姐妹兄弟以及我们的孩子们进行启蒙教育的，是母亲。她总有无穷无尽的故事，《杨家将》《岳飞传》《聊斋志异》《三国演义》中的人物故事，于茶余饭后、睡觉之前，母亲随时可以说上几段；相声、小品、京韵大鼓、说书中的段子，她也可以娓娓道来；下棋无论围棋、军棋、象棋，她全会；打牌无论"大跃进""打百分""升级""拱猪""桥牌"等她全懂，至于后来流行的"麻将"，我们从孩童起就和她学会了，而且能够熟练地摸出是什么牌；她还喜欢看体育节目，尤其是女排和乒乓球赛。至今我们姐妹兄弟几个都有自己的爱好，都爱玩爱运动，这都和母亲有关。

她从没有强逼着我们学习、读书，或者非让我们按照她的意愿干什么事情，她从来也不干预别人，生活一直很平静。几个孩子，学习工作不一定是顶尖的，但德、智、体是全面发展的，婚后的家庭生活也都是和谐的。

对于母亲来说，一生中最大的劫难就是"文革"——家被查抄，奶奶离世，她本人被审查降薪，父亲到河南干校，哥哥姐姐全都上山下乡，多年住家的保姆被迫嫁人，热热闹闹的一家人散落四方，只有我一人守在了她的身边，偌大的联体别墅变得空荡荡的，被迫退租了一半。她顶着巨大的精神压力，常常失眠，患上了高血压、心脏病，她再也难以平静地面对变得张狂的、复杂的社会。刚刚五十岁，她便主动申请退休。那时的医院领导根本就认为营养师可有可无，很快就批准了她的申请，她退缩到自己的家中。

70 年代后期，我如愿地上了南开大学，为了陪伴母亲，我很少住校，每天下学骑车回家。这时母亲已经学会了自己动手操持家务，每天给我做可口的饭菜。我最喜欢吃她做的红烧茄子和鸡蛋蒸肉。

再往后，一些知识分子亲戚渐渐从困境中解脱出来，落实了政策，返回了原来的工作岗位。同为燕京大学毕业的姑姑和姨婆（姨奶奶）都从下放地返回了天津，在医务界担任了领导职务，评定了高级职称。姑姑为天津医学院创建了全国第一个护理系，担任护理系主任；姨婆成为天津第一中心医院副院长，终身没有退休，直至一百零三岁去世。母亲与她们的地位和待遇有了很大的差距。大家劝说母亲或是重新工作，或是著书立说。母亲对她们的升迁无动于衷，她的精神早已远离了名利场。

最令母亲欣慰的是父亲从干校直接要求回到天津，哥哥姐姐也相继回到了她身边，一个个找到工作，结婚的结婚，恋爱的恋爱，家里充斥着繁忙和欢乐的景象。母亲领到退还的薪金时，精心征求了每个孩子的意见，挑选了四块名牌手表。直到今天，姐姐还戴着她送的那块西玛牌手表，我的梅花牌手表也精心保存着。

母亲天生一副好脾气，几十年来，上自奶奶、父亲、姑姑、伯伯，下至哥哥、嫂子、姐姐和我，乃至保姆，她从来没有和谁红过脸，更没有恶语相向。父亲去世后，她也失去自理能力，家里的财政大权整个移交给大嫂，嫂子做什么她吃什么，从来没有怨言。每到周末，我们大家必去看望她，儿孙满堂、众星拱月般环绕着她，陪她打上几圈麻将牌，她会十分高兴。只要看到她乐呵呵地坐在床上，一股发自内心的幸福感，就会在我的心头涌荡。

母亲喜欢看书，尤其喜欢读小说。我常年的任务之一，便是源源不断地供给她书刊。1996 年，一场大病，几乎要了她的命，刚刚从死亡线上挣扎过来，她好像变了一个人，不大爱说笑了，不大掺和别人的事情，退缩到自我的精神世界里。可是，她却有些嗜书如命了。她不再看一般的书刊了，提出要重读古典文学名著。一套《红楼梦》，十多天读完了；一套《三国演义》，十多天又读完了；我又忙不迭地给她送去《三言二拍》《西游记》和《聊斋志异》……每次去看她，她经常戴着老花镜，侧身躺着，贪婪地看着书。此情此景，总让我内心升腾起满满的敬意和自豪感。

直至暮年，母亲的头脑都清醒得很。几个孩子的电话号码，她都记得清清楚楚，谁的电话号码变了，只需告诉她一遍，她便会牢牢地记住。可怕的是，直至她生命的最后几天，她的脑子还十分的清醒。这时我真的觉得，有时，人还是糊涂一些的好，可以减少一些痛苦。可母亲是这样清醒，虽然她已不能清晰地说话，却圆睁着一双充满了恐惧和绝望的眼睛。如何给她以最后一点帮助和最后一点安慰呢？母亲知道庄子，庄子视生死为一体，超脱世俗，悟透生死，万般无奈下，我伏在母亲耳边对她讲庄子，希望能够给她一点安慰。其实，现在想来，那时，真应该和母亲谈谈基督教、佛教什么的。

我又自作主张，拿出自己购房后剩余的钱，和姐姐一起偷偷地为父母买下了墓地。当我再去看母亲时，才三天没见面，母亲埋怨我为什么没来看她。我试着说："我为父亲买了一块地。"蓦地，母亲瞪大了眼睛，言语清晰地问："有我的吗？"我说，那地够两个人的。母亲一下子紧紧拉住我的手，连声说："谢谢你，

谢谢你，你净为我们办大事……"母亲指着立柜的抽屉说，"那里面有钱。"我这才明白，近一两年母亲为什么总找我要钱……母亲不爱财，奶奶在世时，父母的工资大部分交给奶奶管理；自打母亲患病卧床，她的退休金全部让嫂子掌管，她没有什么积蓄。每每想起这一幕，我会很动情，我觉得，这是我这辈子报答母恩母爱所做得比较到位的一件事……

人的一生应该怎样度过？在有才华、有文化的人中，绝大多数人都愿意活得轰轰烈烈、出人头地，母亲却甘于寂寞，甘于平淡，随遇而安。母亲就像一株自然界的植物，就像阳台上那株黄菊，自自然然地生长，自自然然地开花结果、叶落归根，完成她平凡而短暂的生命过程。母亲是幸福而令人尊敬的。

美的使者

　　一位艺术大师说过，不是世上缺少美，而是缺少发现。上帝给了美林先生一双发现美的眼睛、一颗感知美的心灵、一双表现美的手，他写猪、画鼠、绘犬都能丑中见美，他的画表现了人世间的至情至爱至善至美，他是人间的美的使者。

　　美，对于艺术家，有着特殊的引力；对一位以创造美为终生使命的艺术家，美更具有特殊的意义。韩美林就是这样的艺术家。"美林"这个名字对于他，真是再合适不过了。美林先生与艺术，与美的创造，有着不解之缘。在绘画、书法、雕塑、设计、陶艺，甚至散文等艺术领域，他创造了多少美的作品？可以说是美不胜收……

　　我十分喜爱美林先生所设计的中国国航的凤凰标志，它将美好、高贵、祥瑞的祝福带往世界各地。在韩美林艺术馆看到他为国航即将启用的新机型波音777－300专门设计的整体内饰，又惊又喜。他采用凤和祥云图案，凤中有云，云中有凤，云绕凤舞，袅袅飞天。一下子感受到博大精深又充满生机的中国文化气息。

最好的新年献词

初识美林先生，是上世纪90年代初一个阳光明媚的春日。作家李存葆和《人民文学》一位女编辑带着我去他的新居。登上他所居住的四层楼楼梯，一只很大的瓷雕虎卧伏在楼梯的转口处，让人一下子就感觉到主人的与众不同。一按电铃，早已电话约好的美林先生喜盈盈地迎了出来，只见他眼角眉梢都是笑，一下子就与他俩热烈地拥抱了起来。看得出，一股发自内心的率真的友情喷薄而出，没有一丝虚与，没有一点阴影，哪里像饱经人生坎坷、屡遭亲朋背离的人。拜见艺术大家，我略显紧张的心一下子松缓下来。

进了门，便进入一个艺术的天地，艺术的春风迎面扑来。卓尔不群、线条优美的马，噘着小嘴翘着尾巴的小狐狸，耷拉着耳朵、温顺善良的狗，顶着神气的冠子抖着银绫昂首站立的鸡，神气活现地吸引着人们的目光，无声却又有声地张扬着他们的生命。“我现在忙坏了，你看看，这几天，我一连画了二百多个盘子，一个盘子一个样，没有一个重复的！”美林先生指着满屋子的盘子说。那股自信劲儿，就像一位骄傲的母亲夸赞聪明健硕的儿子。这是一位充满了激情和活力的艺术家，这是美林先生留给我的第一印象。

每到辞旧迎新的时节，作为办刊人，总要虔诚地想一想：新的一年，我们能为读者们奉献点什么？1994 年元旦前，我突发奇想，就邀请美林先生为我们《散文海外版》画一只狗刊发在封二上，为狗年增加点喜气儿、新气儿、艺术气儿。美林先生精心挑选了一只沙皮狗画作。这狗褐黑色的眼圈中，镶嵌着一双水汪汪的充满了善意、顺服、忠诚和柔情的大眼睛。它乖乖地蹲卧在那里，深情地凝视着世界人生。他配上了幽默、俏皮的题跋："我很丑，但我很温柔。"著名作家翻译家冯亦代先生在一篇文章中，专门谈到此画和刊物的创意，将此画称为"最好的新年献词"。

1995 年第一期上，刊发了美林先生画的猪。他笔下的肥猪美目传情，小嘴微张，披红挂彩，装载着满身的嫁妆，活像一位憨态可掬、装扮一新的新嫁娘，给人们带来喜庆和吉祥。

1996 年是鼠年，我暗暗地捏一把汗：老鼠可怎么画啊？狗有其忠诚的一面，猪有其憨态可掬的一面，都能从美的角度加以开掘；鼠是人类的天敌，自古至今与丑连接在一起。美林先生画了一对相视而立、欢呼雀跃嬉戏于花丛中活泼可爱的鼠，黑亮的眼睛友善地、富有激情地注视着大千世界、茫茫人生，似乎也在向人类发出新年的祝福。

虎年来临前，我观看美林先生画虎，画了一个多小时才画完，这虎圆圆的头，圆圆的脸，一对晶莹剔透、滴溜溜转的大眼睛，吐露着红红的小舌头，毛茸茸的脑门上顶着一个大大的"王"字，可爱至极。一平尺大小的画上盖上三个印章，其中一方闲章"纯真"二字十分夺目。

……

美林先生在"文革"中经历过非人的磨难。在看守所里，他用半截筷子在破了又补、补了又破的裤子上作画，"杠子"队员一次次踩碾他的手，竟至用刀挑断了他的手筋。"在监狱里还是那么热爱生活！四壁什么东西都没有，屋顶只有一个蜘蛛，我看着它长大，看着它织网，看着它逮小虫子，又看着它冬眠……我进去的时候，大墙外面只露出三片柳树叶，出来时小树已经长成一棵大树；进去时，柳树上拴着一头小牛，后来它长大后又生了小牛，出狱时小牛也在叫了……"出狱后，他觉得什么都可爱，"连卖冰棍的都是可爱的。小动物当然可爱了，小狐狸不狡猾，小老虎不咬人，虎头虎脑不虎心"。

经历过这么多苦难，他的心没有被严酷的现实磨出老茧，依然这么纯，这么真，童心未泯，这是他艺术灵感的源泉。他早已声名远扬，硕果累累，美国圣地亚哥市赠他金钥匙一把，纽约曼哈顿宣布 1980 年 10 月 10 日为"韩美林日"；1983 年他的六幅作品入选联合国发行之圣诞卡；1996 年亚特兰大奥运会广场艺术钟塔群雕竞标，他以五条巨龙组成的高八米的群雕设计一举夺魁；2012 年，他荣获国家级最高艺术奖之"终身成就奖"；杭州、北京的韩美林艺术馆，是迄今为止，政府为个人建造的规模最大的个人艺术馆。这样一位成就辉煌的艺术大家，连续十多年每年郑重地为我们创作一幅艺术珍品，给我们的读者以艺术的享受和新年的祝福，能不让人感动万分吗？

写散文真过瘾

写散文，是一件易写难工的事。有些人苦心经营，青灯长卷，一字一字地爬格子，然终其所著，竟难寻一件出神入化之佳构。作为散文编辑，与此种作者打交道，是一件十分尴尬的事。与韩美林的文字交，却是别开生面了。

我从报章看到，美林先生走遍全国佛教圣地，看到许多珍贵的佛像残缺不全时，挥泪发誓要塑一百尊佛像，许多海外华人将此举称为"世纪末工程"。祖国宝贵的文化遗产和我们中华民族的血脉相连，我曾几次拜谒龙门石窟，看到珍贵的佛像珍品残缺不全的面貌，心中很是不平，看了报道，激动不已。

在一次全国政协会上，我去约稿，看到美林先生，匆匆谈了他的"世纪末工程"，不足十分钟的谈话，却都有点泪水盈盈。我约他为刚刚创刊的《散文海外版》写一篇特约专稿。我没有看到过美林先生写散文，但以他的才华和幽默，以他的充满坎坷的人生经历，以他的澎湃激情和艺术灵性，我相信他能够写出感人的散文。我以为，一些艺术家、科学家、政治家，一生也许只写一篇、几篇文学作品，将他们一生的人生感悟、一生的奋斗追求浓缩于文章中，说不定会是名篇佳作。

1994年10月，我收到了美林先生亲写的信笺，打开信封，"谁入地狱？"几个大字赫然入目。作品开门见山，第一句便引用赵州禅师的话：但愿所有人升天，唯希望你沉入苦海。点明了文章的主旨。"文革"中他被押送回淮南时，口袋里只有五分钱，两天没有吃饭，吞吃了一个孩子丢在地上的五个包子皮，才得以保住性命……作品写出了自己充满苦辣酸甜的人生经历，绘出了艺术家的炼狱。

《换个活法》更显示出他的艺术性灵。他以全新的写法，天上、地下、人间的跳跃式思维，对人生、对世界、对宇宙万物发出了一连串的追问，活灵活现地勾勒出一位艺术大家的生命状态，表现出一位艺术大家光彩逼人的精神境界。三千多字的散文中，艺术想象和联想一个接一个：

> 我爱幻想，盯上一个镜头就没边没沿地联想下去。开始想到的是怎样使马铃薯不退化，到后来脑子里说不定幻想着杨贵妃要是活到现在多来劲儿……

> 这鸳鸯历来被用来歌颂爱情，可它确实不怎么专一；而血吸虫一出生"男女"就抱在一起，一直到死，但是为什么人们没说谁爱得死去活来像一对血吸虫呢？

> 你可以放胆去设想，一张纸就是一个大草原，你可以骑上你丰富想象的枣红马任意驰骋，马蹄嗒嗒，那一足一印，就是你那一笔一墨……

从马铃薯想到杨贵妃，从爱情想到血吸虫，将画纸当成大草原……想象是奇异的，思维方式是跳跃性的，奔涌而出的奇思妙想一个接一个，不知不觉地将人引入他的精神之境，融汇于他的情绪之中。

在中国美术馆举办的规模盛大的"韩美林艺术展"前夕，刚刚做过一次大手术的美林先生，躲到了深圳，用近一周的时间，创作了《我喝了半口迷魂汤》。于死亡之境对"生"的反思，表现了作者灵魂深处对生活与艺术、对真善美的热爱和追求，活灵活现地勾勒出一位艺术大家蓬蓬勃勃的生命状态和光彩逼人的精神境界。

《最难写的两个字——祖国》，他精心写了四个月，修修改改，蝇头小楷，工工整整地抄写了五遍，其本身就是书法精品。

在韩愈故乡河南省孟州市举行的散文颁奖会上，美林先生幽默精彩的发言，赢得了人们欢快的笑声和热烈的掌声："我是个画画儿的，画画儿没得过奖，写散文倒得了个奖；我希望写字的、画画儿的、当官的，甚至卖油条的，都来写散文；我以后说不定要专门写散文，写散文真过瘾！"美林先生在艺术上的才华和成就是神奇的，倘若他放弃绘画而专门写散文，当然太可惜了。但写散文能写到过瘾确实是进入了创作的高境界，表明了他通达顺畅、痛快淋漓的创作心态。他所看重的，是精神的求索、艺术的创新。

他的散文获得了很大的影响：《换个活法》《人生美好，把美留住！》相继获得全国两届"韩愈杯"散文大赛一、二等奖；《谁入地狱?》被收入高中语文课本；散文集《闲言碎语》多次印刷，

76

印数达十万册之多；2010年出版的《韩美林散文》首版印刷一万五千册，很快脱销；2018年，他的散文集《拣尽寒枝不肯栖》又赢得读者高度评价……

美林作《天书》

出于对中国传统文化艺术的热爱，几十年来，韩美林进行着一件鲜为人知而意义重大的搜集和整理工作。他的脚步遍布全国各地，从甲骨、石刻、青铜、壁画、古陶、砖铭等文物古迹上搜寻、记录了几千个符号、图形、金文和象形文字，有很多是至今没有破译的古代汉字，汇成《天书》。

美林先生与书法结缘，事出偶然。他六七岁时，从土地庙土地神屁股后面的土洞里掏出了几本书，还有雕刻的工具，他由这几本书接触到篆书篆字，把篆字当成了好看的"图画"，成了他脑海中根深蒂固的"形象"。

不久，他从中药铺看到"龙骨"，把甲骨文也当成了"图画"临摹下来。从此，小小的美林就与古老的文化、古老的艺术结缘了。所有青铜器、岩画、壁画、石鼓等上的象形文字、象形图案，都镌刻于他的脑海中。

"文革"中从监狱中出来，当他在旧书店看到了《六书分类》时，激动得直哆嗦，老友重逢，悲喜交集。他郑重地买下书，从此，与这书不离不弃。

我从美林先生处得知他作《天书》的信息时，他的手已经写得满是裂口，血痕斑斑。他把我带到他二楼的书房。房间不大，书架上摆放着满满的图书，大多是各种古文字词典、图典和古文字研究的书。我拍下了许多珍贵的照片。我敏感地意识到，这将是一本具有重要出版价值的图书，郑重地向他约稿。出于多年的友情和信任，美林先生和夫人建萍同意交由我任职的百花文艺出版社出版。

为了突出《天书》的学术价值，我觉得最好请一位古文字专家作序。征得作家同意，我找到了李学勤先生。李先生系清华大学国际汉学研究所所长，国务院学位委员会历史学科评议组组长。他详细阅读了《天书》样稿，在短短一个月时间，写作了序言《天书有字又有情》，为《天书》在学术上定了位。

考虑到《天书》将会作为国礼送给国际友人，李学勤、冯骥才和美林先生的序言需要高水准的翻译。我先是找到了著名的翻译家章含之，她客气地说："口译我行，笔译我达不到你们要求的水平，最好找一位在美国出生的学者。"我接连又找了两位在国内完成学业后在美国著名大学任教的华人学者，他们都表示很愿意为美林先生翻译书稿，但中译英的水平有限，担不起这份重任。最后我辗转找到耶鲁大学教授牟岭先生，他是山东大学古典文学专业硕士、美国芝加哥大学英文博士，是翻译《天书》的最佳人选。牟岭先生中西文化兼修，文笔秀美，他的译文为《天书》锦上添花。

《天书》是美林先生十分看重的著作，是他几十年心血的结晶，能够担任责任编辑，我兴奋不已。与大师级的艺术家一起工作，是幸运的，但我也深知，以他追求完美的个性，我会经受历练和考验。美林先生指定了鼎鼎大名的装帧设计师，指定了最具实力和影响的印刷公司，亲自召集开会研究布置各项工作。

2007 年春天，于姹紫嫣红的菏泽牡丹园中，我接到美林先生电话，让我迅速赶到杭州。我和北京雅昌艺术印刷有限公司的何总赶到杭州韩美林艺术馆画室时，美林先生正在倾力进行着《天书》的最后设计。没有寒暄，他让我俩坐在一边观看他创作。《天书》稿纸布满硕大的画案，他连画带写，笔墨、剪刀、糨糊都派上用场，操作起复印机来也是麻利快，一页页地完善、进行着精装《天书》的设计。一上午，他目不暇顾，埋头设计，我担心他的身体，劝他喝口水，他厉声说："你俩就好好看着!"午餐时，他叫来了助理，嘱咐他找一节稻草绳、一盘沙子，什么毛边纸、沙子、稻草绳，都成了他设计《天书》独特的装饰物，这些土得掉渣的东西，经他一摆弄，恰到好处地突出了中国古代文化元素，这是一般的设计师绝对做不出来的。

《天书》以一种天生的悟性、天生的才华，对中国古代传统文化以艺术的诠释。《天书》道破了某种艺术甚至文化的天机——越古老的有可能越是现代的；越民族的，有可能越是世界的。美林先生的创作充分印证了这一点。

我一直觉得，观看韩美林艺术作品有一种激情，有一种冲动，觉得其神秘而高贵，古朴而现代，民族而世界，很多人参观韩美林艺术馆后都有一种莫名的激动。很多外国友人对他的艺术也喜欢得如醉如痴。凭靠艺术作品，他到世界很多国家都能享受到国宾的待遇。他所设计的九龙艺术钟塔、中国奥运申奥标志、北京奥运标志和吉祥物福娃等赢得世界人民的喜爱。他所画的牛、马、羊等众多小动物乃至人体，夸张、变形得很厉害，却已经成为大家共识的一种艺术符号。在他夫人周建萍的收藏中，我看到过一匹宣纸小马，鬃毛飞扬，扬蹄狂奔，张扬变形，题款为"美林有点狂"，令人惊异而欣喜。他的钧瓷、紫砂、雕塑、陶艺等都那么生动、鲜活……认认真真拜读、编辑了《天书》，我似乎寻到了韩美林艺术的源头。"半亩方塘一鉴开，天光云影共徘徊。问渠那得清如许？为有源头活水来。"最原始古朴、真实生动的中国文化与艺术的"源头活水"，予韩美林内心不竭的艺术灵感，使其才思不断，活水长流。

生活中的韩美林走到哪里，都会带去一片笑声。就连他家的猫和狗，他也给起上一个俗名，什么张秀英、刘富贵、二锅头、锅饼，俗的内里却透着一股幽默和风趣，透着一股高雅和高贵。凡是去过他家的人，见到他那些琳琅满目的艺术品，亲身感受了他那蓬勃的生命力创造力，没有不为之肃然起敬、激动万分的。正像他自己所说的："从我来到这世上，不是贫穷就是坎坷，不过令人费解的是：我在艺术上从来是顺之又顺。可以说天天出新招。这是我为什么活得像个快乐的大苍蝇的原因之一。"

其实，就一般老人来讲，应该把激情和生命转化成平静的心态，像尼采说的如婴儿般与世无争。可美林老师却像梵高一样，永远在用高速运转、用激情创作来激励自己、支撑自己。年年岁岁，他都会把天南海北的朋友们召集到他的艺术馆，展示他新的创作成果，带给大家一份惊喜。

在2013年6月23日韩美林艺术馆南展区开馆仪式上，凭着运气抓阄，我竟然得到了一幅宣纸小马。当其映入我眼帘时，只觉得眼睛一亮，怦然心动。这小马眯眼立鬃、扬蹄尥蹶，张扬发散着欢快和欣悦，夸张变形而尽得神韵。题跋曰："二零一三年六月三日晨起练手写意稿。"美林先生喜欢马，喜欢并擅长画马。今年，知己好友送他一对英国良种马驹。经常与马的近距离接触，他观察马，抚爱马，与马交流情感，小马感觉到他的爱，每每见到他，都会显示出与众不同的热情。我感觉这幅画中马的神情、姿态，好像小马驹在向主人撒娇，满是快乐和温馨。

一位艺术大师说过，不是世上缺少美，而是缺少发现。上帝给了美林先生一双发现美的眼睛、一颗感知美的心灵、一双表现美的手，他写猪、画鼠、绘犬都能丑中见美，他的画表现了人世间的至情至爱至善至美，他是人间的美的使者。

写于2013年春，修改于2020年秋

山一般矗立的作家

去年偶然参加一个活动，插花花艺师优雅、熟练地修剪花枝花叶，看着她细腻而灵巧的手，我居然想到了另一双手，那是一个气质高雅、温文尔雅的老妇的手——著名华文作家王鼎钧先生夫人的手。那双手，曾带给我深深的震撼。

2018 年春，受邀初夏到洛杉矶参加华文文学论坛，我很想借机去纽约拜见心中一直尊崇的作家王鼎钧公。据和鼎公交往较多的纽约作家王威说，九十四高龄的鼎公今年精力不如以前，已经拒绝了好几位作家拜访的请求。我试着给鼎公发了一封邮件。没想到，竟然很快收到了鼎公的回邮，用了"王鼎钧夫妇敬复"。看来，鼎公和夫人欢迎我到纽约。

能够拜见鼎公可是件幸事。我即刻下决心改变行程，从亚利桑那州的凤凰城直飞纽约。

我阅读鼎公的第一篇散文是《那树》。散文细腻地描绘了街头一棵枝繁叶茂的大树辉煌而又苍凉悲壮的一生，一下子就把我吸引住了。当那路还是一条泥泞小径时，那树就立在那里，高压线一千码一千码架过来，楼房一排一排盖起来，那树被一重又一重死鱼般的灰白色水泥包围，连根须都被轧路机碾进灰色之下，那树依然绿着。醉汉驾车撞了那树，人们认为是树的罪过，遂伐树抵命。枝繁叶茂、"树顶像刚炸开的焰火一样繁密"的大树被肢解和运走，绿着生，绿着死。深一层品味，会发现大树象征着执着而悲壮的人生。不以人的意志为转移的求新求变求物质享乐的时代和人的情感上的恋旧念故，构成了作品的内在冲突。作品全是客观的白描，看似平和、冲淡，其内里却翻卷着感情的波澜，是一首传统文化的挽歌。

我关注起鼎公的散文创作。2009 年，我参加了海南师范大学主办的"首届王鼎钧文学创作国际学术研讨会"。会上，著名作家韩少功言称自己早就是王鼎钧的"粉丝"了，"过去见到王先生的作品集或收有他作品的集子都会买到手"，"如果王先生到会，我肯定会把我收藏的王先生的作品集带来请他签字的"。"好作家都是寂寞的，但有了他，我们就有了标杆。"这次会议，使我对鼎公的散文创作从理论上有了比较深刻的理解。这以后，他多篇散文刊发于我曾经主持的《散文海外版》上，我与鼎公也有了信函和邮件往来。每次问及他的稿酬邮寄地址，他都指定大陆一个人代收，后来我才知道，所有稿酬全由此人代为捐赠大陆困难地区人民。而且，自与鼎公有了直接联系，我收到过多本台湾尔雅出版公司惠寄的鼎公的著作，出版社系遵鼎公嘱所行，对这珍贵的馈赠，我很看重。很多作家，很少赠书与人，尤其是名家，送书会很谨慎。鼎公的豪爽，由此可见一斑。鼎公为人确实慷慨，刚到台湾那几年，他在广电公司资料室工作时，每月工资台币一百二十元。他写稿挣些稿酬，供弟弟妹妹读书，每月每人五十元台币。这兄长，应是很大方、很负责任的了。

邮件往来中，当我提出可能有一东北籍作家陪我一起去时，鼎公回复说："欢迎您和东北的朋友同来。舍下简陋，不堪待客，咱们还是找个小馆聚聚。"（2018 年 6 月 10 日邮）

待我抵达美国后，以前常用的邮箱一连收到鼎公好几封邮件，可惜我手机只能打开 QQ 邮箱，在美期间一直未能看到这几封邮件。多亏纽约的顾月华老师转告——"6 月 29 日敬邀：6 月 29 日，星期五。中午十二时三十分，与甘以雯女士餐叙，敬请光临。地址见下图：湾仔海鲜城（截图）"。一位扬名海内外的大名家，对一名普通编辑之热情，用心之细腻、缜密，令我十分感动。

会面的那天，朋友陪同我提前半小时就到了海鲜城附近，为避免早到时间长了尴尬，我俩在对面商场徘徊，差十分我们到了指定的饭店。湾仔海鲜城门脸儿不大，一进门，就看到在门厅里站着的高大魁梧的鼎公，旁边是他的夫人王棣华和顾月华大姐。高大挺拔的鼎公真好像一座山一般矗立在我的面前……

因饭店较小食客又多，能吃饭却不能久聊天，只能更换用餐的地方。鼎公听从了顾女士的意见，我们一起步行到不远处的喜来登酒店。拄着拐杖的鼎公走在前面，王阿姨、顾女士紧随其后。走出方几步，王阿姨掏出一张一元美钞，四处寻找着，说是刚才路上遇到的一乞者不见了。鼎公见到乞者总是会赠予的，鼎公也四下张望，终未见，不免有些歉歉然。鼎公是基督徒，王阿姨是佛教徒，夫妻俩一向乐善好施，形成习惯。

人的一生，会经历许许多多的人和事，每一个人的生命，社会生活的每一个角落，都有耐人寻味的东西，都值得你倾注深情去关注、体验和去发掘。同情心是人类最无私的一种情感，只有你怀着一颗良善的悲悯之心，去发掘、去表现他人的生命价值，才有可能将千千万万读者感动。在鼎公的作品中，人文情怀是一种处世为人的胸怀和境界，是对生命的敬畏、对弱者的同情、对人世的关爱、对道义的守望。人文情怀，对于作家尤为重要。有着人文情怀，作品中会时时处处体现着人情、人性以及对人生命运的关照与关怀，作家的"品"和"格"自高。王鼎钧先生的散文就是以强烈的人文情怀将我深深感动的。而对乞讨者施以援手，也折射出鼎公乐善好施的性情。

从后面看着拄着拐杖的鼎公大步前行，我想到他从青年时代就经历过抗战的大迁徙，用这脚一步一步丈量过祖国的山河，抛洒过自己的血和泪，获取了宝贵的生命体验，并用艺术之笔将其真实地再现，以一个中国文化人的良知，演绎了一个热血男儿在血与火时代的生死歌哭。王鼎钧先生的青少年时期适逢日寇入侵，民不聊生，这赋予了王鼎钧敏锐、深刻观察体悟世事人生的特质。他散文创作的一个重要题材就是描述这民族的灾难、心灵的创伤，其中有《红头绳儿》《一方阳光》《哭屋》《失楼台》《种子》等。《红头绳儿》中那黑里透红、能够发出苍然悠远声音的大钟，那正直而严厉的校长，那手指尖尖、扎着红头绳儿、消逝于飞机轰炸声中的小姑娘，作者那美好情愫的破灭，带给人心灵极大的震撼和感伤。《种子》描写一位在战争中不断迁徙、漂泊的女性，患了不孕症，四十四岁了，可她殷切地、执着地盼望着能有一个孩子，作品写得很有诗意和激情。

熟悉喜来登酒店的美食家顾女士抢先订了四份套餐，鼎公的是红烧鳕鱼，王阿姨的是焖锅牛肉，我随顾女士要的是黑胡椒羊扒，另有西湖牛肉汤、鲜菌玉子豆腐、豌豆黄。饭菜很是精致，很是合乎大家胃口。鼎公的胃口也很好，可能也是多年军伍生活训练有素，一份套餐很快吃得干干净净。

鼎公外着一件米色夹克，里面是米色的格子衬衣，显得很洁净。洁净的长者，会增添我对其的敬重感。

鼎公一边吃一边说，没有什么客套话，似乎都是他很想谈、我也很想听的话题。先是谈了基督教、佛教，鼎公信奉基督教，对佛教也很有研究。很快谈到写小说，他说他写不好小说，他认为中国古典小说数《红楼梦》成就最高，《红楼》是复线结构，交叉着写人物和情节。《三国》与《水浒》就差了很多，《三国》里的故事，一个一个看着不错，就好像看放烟火，一个飞上天了，又来了一个，又飞上天了！互相没有内在的联系，不像《红楼》，一直穿插着进行下去……

看来，鼎公认真研究过小说创作，他曾经出版过小说，他是否认真考虑过创作长篇小说？他晚年出版的四卷本自传《昨天的云》《怒目少年》《关山夺路》《文学江湖》，在海内外文坛产生过很大影响。2009 年，我与新到"百花"不久的张云峰社长谈及鼎公时，他委托我邀约出版鼎公的自传。张社长是人民大学博士，我很佩服他的学术眼光和勇气，当然也很想为敬佩的鼎公当一回"责编"，当日就给鼎公写了约稿信。但三联出版公司邀约在先，鼎公很快就回邮婉拒了"百花"，说是很快就会与"三联"签约了。没能为鼎公出一本书，尤其是与鼎公的这传记失之交臂，这也是我编辑生涯之憾事。

谈到身体，他说不想太长寿，不能走路了就不要活下去了，味蕾没有知觉了，也不要活下去……"小孩子出生拍一拍，老年人去世摔一摔"，老年人就怕摔，一摔就不行了，所以现在很少应酬，很少出来。

我内心有一个问题，即鼎公为什么一直没有回大陆、回家乡？但甫见鼎公，张不开口。其实，鼎公对家乡的感情真挚而浓厚。他在《中国在我墙上》中写道："我花了一个上午的时间读中国全图。中国在我眼底，中国在我墙上。山东仍然像骆驼头，湖北仍然像青蛙，甘肃仍然像哑铃……"中国在他墙上，他天天看得见；其实，中国一直在他心间。在《一方阳光》中，作者描绘了厚墙高檐的四合院的一个场景："那一方阳光铺在我家门口，像一块发亮的地毯。然后，我看见一只用麦秸编成、四周裹着棉布的坐墩，摆在阳光里。然后，一双谨慎而矜持的小脚，走进阳光，停在墩旁，脚边同时出现了她的针线筐。一只生着褐色虎纹的狸猫，咪呜一声，跳上她的膝盖。然后，一个男孩蹲在膝

87

前……那就是我，和我的母亲。"这场景，可以说融注了作者最深切的生命体验，因为作者"现在，将来，我永远能够清清楚楚看见"这一方阳光；这一方阳光刻骨铭心，永永远远镌刻在作者心间。《土》写的是一位患了"乡愁症"的游子，吃药、打针无济于事，饭也不吃，觉也不睡，一心一意要寻找丢失的装有故乡黄土的玻璃瓶子。找到了瓶子，终于"药"到病除。这两个人，尽管有些病态，但从他们身上，可以折射出经历过内忧外患的中国人执着、坚韧的赤子之心，抒写出作者对故乡、故土的满腔真情。

缘于理解鼎公对家乡的感情，我给鼎公精心准备了见面礼——两盒他家乡的绿茶，山东日照毛尖。我带着这两盒春茶，从加州的旧金山、洛杉矶，内华达州的拉斯维加斯，亚利桑那州的凤凰城，再到美国东部的纽约，这茶经历了一路的山山水水，经历了飞机、大巴的颠颠簸簸，也经历了初夏的热，不知这茶是否还是鼎公心目中家乡茶的味道。但这表达了我的心意和情感。

我留意到王阿姨的手似乎不是很灵活，她伸出蜷曲的右手，食指和中指已经伸不直了。她说，是多年剪花卉落下的毛病。我不明底细地问，是插花弄的吗？"插花？我是一直在花店打工，年纪大了，近两年才不做工了。"原来，鼎公夫妇并不富有，如今已七十好几的王阿姨过去一直在花店打工。说来也巧，2019年末参加山东博兴笔会，结识一自己开花店的女作家，谈起花店，她满肚子苦水。她写作的散文《玫瑰刺》，深刻地描述了卖花女的艰难生活，犹如扎在身体里的一根刺，时常隐隐作痛，这种痛楚，可能会伴陪她终身。而王阿姨到美国后的工作，还不如这位女作家，女作家毕竟是自己开店，为自己打工，王阿姨是为人家打工，是花店雇佣的工人，肯定干的都是最苦最累的活儿。整理一捆一捆的鲜花看着简单，甚至还能勾起年轻人浪漫的感觉，实际上是非常繁杂的劳作，一些美丽的花朵是有刺有毒的，扎在手上是疼痛难忍的。王阿姨凭靠蜷曲的双手，帮助鼎公供养四个孩子上学读书。凭靠创作实力和勤奋，鼎公会有一定的稿酬，但他从来没有参与、配合市场运作，他没有回过祖国大陆，对华文图书最大的市场，他淡然对待。据我所知，国内的名作家，不用说如鼎公般成就，都早已过上小康生活，除却高额版税、片酬，讲课费、出席费每次也要几千元到几万元不等；大陆机构团体和企业家"追星"，引得海外名家也纷至沓来，反复出书、演讲和光临各种笔会、论坛，如果再能提笔写上几句话，说不定还会有意外的收获……而鼎公，连大陆几次举办他的作品研讨会，都没有亲临，当然也不会有其他收入。可汶川地震、大陆水灾的捐赠活动，鼎公却积极参与，不肯"缺席"。他捐出自己签字本书籍参加"义卖"，每每引发众人抢购，收入交由主办方捐赠。据我所知，我们杂志数次的微薄稿酬，他都指定汇给专人，由其捐赠给需要帮助的贫困地区了。

尽管并不富裕，夫人还要给别人打工，他依然葆有本色，葆有知识分子的良知和品格，做一个大写的"人"。我心目中的鼎公永远会像一座大山般矗立着。

2020 庚子年，一场旷世的疫情铺天盖地而来，狠狠地撞击了人们原本平和的生活，社会被撕裂，人群被撕裂，灵魂也被撕裂。而九十六高龄的鼎公就生活于疫情的重灾区纽约，这不能不令我这个"粉丝"不时地念念想想，有时也将国人防疫的经验，尤其是深受大家喜欢的张文宏医生的防疫语录发送给鼎公。除了介绍点防疫知识，相信鼎公也会喜欢张医生直率、形象而幽默的话语，也能在此际带给鼎公些许的安慰。

一日，从万能的朋友圈看到纽约文友转发的鼎公新作《这恐怖的威胁，不料晚年又经历一次》。我马上阅读，并推荐给好友一敏，希望能有更多的文友看到，《散文选刊》载于 2020 年第 6 期上。"这一仗，人类的终极武器是疫苗，研制疫苗需要时间，这期间要死多少人？以血肉长城争取时间，犹如中国的对日抗战。生死之间，联想美国的乐透大奖，中奖的机会很小，比'陨石击中的机会还小'，还是有人要去买奖券，他心里想的是'说不定下一个就是我！'"文章写于 4 月纽约疫情最严重之际，鼎公的镇定、智慧和幽默，可见一斑！

大师的胸襟

谢晋导演逝世将近十二年了。上世纪 90 年代初，我有幸与这位大师共同工作了一段时间，很短暂，但至今他的音容笑貌，还经常在我眼前浮现。

1991 年，我加入了慈善电视系列剧《启明星》（原名《暖流》）剧组，担任文学编辑。这部剧最初由市政府拨款，定位较高，可在导演问题上斟酌不定。考虑到这是描写残疾儿童生活的题材，且谢导是两个智障孩子的父亲，他对孩子、对家庭的一片爱心令人感动，我建议邀请谢晋执导。编剧兼剧组负责人航鹰委派我写信邀请。幸运的是，谢导接受了我们的邀请，同意出任这部剧的导演，我便有机会接触到这位驰名中外的导演大师，这部剧最终也剪辑成电影。

大师的握手

初春 3 月，为参加《启明星》开机式，谢导来到了天津。谢导永远是那么忙，来也匆匆，去也匆匆，能够和鼎鼎有名的大导演共同工作，群情激昂。临行时，我送给谢导两本书，其中一本是孙犁先生的《耕堂读书记》。没想到，就是这本小小的图书，引起了一段佳话。

不久，谢晋先生参加全国政协会议，住在北京京丰宾馆，我和作家航鹰去看望他，他房间的桌子上就放着那本《耕堂读书记》。"这本书写得很好，我正在读。"谢导说。

紧接着，谢导去日本拍摄影片《清凉寺钟声》，《耕堂读书记》又与他相伴，一有时间，他便认真阅读。谢导是出了名的大忙人，年近古稀，除了拍戏，还能够潜心读书，实在令人感动。

再一次见到谢导，是在上海，临别时，我问他在天津还有什么要办的事情。谢导略一思索，深沉地说："我生平最佩服的作家是孙犁，我虽然没有见过他，但神交已久。请代我向他问好，有机会我去看他。我送你两本书，也请你给孙犁和航鹰带两本去。"这两本书均为谢导所著，一本是《谢晋谈艺录》，一本是《我对导演艺术的追求》。送孙犁先生书的扉页上工工整整地写着：孙犁老师教正。

孙犁先生自春节前夕患病，一直不大会客。当我登门送上那两本书时，孙犁先生说："我对谢晋也仰慕已久。请你告诉他，我欢迎他来。不用提前约，我二十四小时都在家，只是我身体不好，有严重的心脏病，不能激动。"

过了几日，谢导给我打来电话，告知我马上要来天津。听说孙犁有心脏病，他马上说："我不激动，我能控制自己……"

7月27日，我陪同谢导来到孙犁先生家，孙犁先生的气色比上次强了许多。一见面，便热情地对谢导说："久仰，久仰。"刚刚落座，孙老便拿出早已准备好的两本书，诚挚地对谢导说："你送了我两本书，我也送你两本书。"其一便是《耕堂读书记》，上面也写好了题款。

　　"《牧马人》首映式时我来过天津，市委书记问我与天津的谁熟。我说天津我最佩服的是孙犁。他说孙犁的名气这么大，连谢晋都佩服他，可他的房子还没解决。"谢导看着这套新房子笑着说。

　　孙犁先生说："你的两本书我看了，你是根据中国国情搞电影的，所以有成就。我以前很爱看电影，现在大概有几十年不看了，可情况是知道的。我看报纸和刊物，对你很了解。"

　　"我搞的电影经常是有争论的，《芙蓉镇》《天云山传奇》《牧马人》，好几个都是几上几下……"谢导无可奈何地笑着说。

　　"毕竟不是那些年了，不要管他，一点反应没有也不好。我搞文学一直是在风雨飘摇中搞的。"孙犁先生深沉地说道。

　　……

　　时间很短，聊的内容却很丰富，政治、文学、电影、交友，什么都谈；一会儿叙旧，一会儿话今，两人就像久别重逢的老友。最后，谢导高声念起悬挂于白墙上孙老亲笔书写的诗：

　　　　不自修饰不自哀，

　　　　不信人间有蓬莱。

阴晴冷暖随日过，

此生只待化尘埃。

一位七十八岁的文学大师，一位六十八岁的电影艺术大师；一位足不出户，终日与书相伴，在文学之路上踽踽前行；一位整日乘飞机东奔西跑，足迹遍及海内外，为中国的电影事业身体力行。几十年的艺海生涯，对人生与艺术的执着追求，使两位大师神交已久；两本小小的书籍，蕴满了深情，使两位大师的手紧紧地握在了一起……

沉重的生活变得楚楚有情

"我叫阿四，爸爸叫谢晋，住在……请给我家打电话。"谢导的儿子要到残疾人工厂上班，谢导担心他走失，便为他做了个小牌牌带在身上。这么简单的几句话，一遍又一遍，一天又一天，已经教过上百遍，阿四有时还说不上来。谢导很有耐心，由于自己耳背，他嗓音很大，浑厚的声音在不大的房间里嗡嗡作响。

谁能想到，这就是一位驰名中外的大导演如火如荼生活的一个侧面。作为两个智障孩子的父亲，他要承受多么大的精神压力！

"文革"中，批斗会上遭受的精神和肉体的折磨，谢导没有落一滴眼泪；而回家的路上，看见自己的两个智障孩子被人塞进了垃圾桶，他心如刀绞，泪水潸然而下。

94

在牛棚里，他几次想到以死来解脱苦难和屈辱，但抚养这两个智障孩子的责任和义务支撑着他，终于挺了过来。

从牛棚出来，补发了几年的工资，他全部存在了银行，告诉长女，待他死后，作为两个弟弟的抚养金。

在两个智障孩子的身上，他倾注了满腔的心血、满腔的爱。孩子虽然智力残缺，却能够感受到他的爱心，也能够以自己的方式默默地回报着父亲。

浩劫中，阿四待父亲依然如故，每当谢导拖着疲惫的身躯回到家时，阿四总是眼巴巴地守在门口等候；他刚刚坐下，阿四便忙不迭地拿出拖鞋，为他换上，尽管分不清哪是左哪是右；接着便急慌慌往茶杯里放茶叶，尽管有时多有时少，一片纯洁、质朴的爱溢于言表……每当这时，谢导的心头便涌上一股暖流。

爱，是人与人之间沟通的桥梁。两个智障孩子，对一个家庭，是沉重的负担。可由于有了爱，家庭成员的感情得以沟通，共同担起了生活的重担。

谢导在美国工作的长子谢衍，才学出众，仪表堂堂，可一生未婚。他每交女友，总是提前讲清："我有两个残疾弟弟，将来我要抚养他们。"他不仅继承了父亲的电影事业，而且继承了父亲的爱心和担当精神。

1991 年 11 月初，谢导带队赴韩国参加国际电影节期间，阿三又一次病危住院。返沪一下飞机，谢导直奔医院，已经奄奄一息的阿三正瞪着双眼等待着亲人，一见谢导，他紧紧拉住父亲的手不肯放开，第二天便病逝了。谢导号啕大哭，年近七旬的老人，淌着热泪为儿子理了最后一次发，刮了最后一次胡须。

闻听噩耗，谢导夫人和长子从美国匆匆返沪，到了医院，谢衍将罩在弟弟身上的被单轻轻地打开，轻轻地抚摸了弟弟的全身。当谢衍独自返回美国时，沉浸在悲痛中的阿四坚持要送长兄到机场，兄弟二人挥泪而别。

谢导对智障儿子、对家庭、对亲人的一片爱心，影响着家人，使他那有缺憾的家庭，充满了温馨；使他那沉重的生活，变得楚楚有情。

胸怀宽阔，忠厚待人

谢导待人，宽容大度，绝不嫉贤妒能，绝不持门户之见。对待像张艺谋这样风格、流派不同于己而又成就斐然的年轻导演，他总是赞不绝口并为之呼吁，大艺术家的胸怀溢于言表。

作为导演，他善于发现并大胆使用演员，使蕴藏在普通人身上的潜力得以发挥，使一些普通人身上闪烁出艺术的火花。早在上世纪50年代拍摄的《女篮5号》，他大胆使用了向梅，这位名牌大学的工科生，从此改弦易辙，跨入影视界门槛；拍摄《红色娘子军》，他发现并起用了祝希娟，使其一跃成为首届电影"百花奖"的最佳女主角；陈冲和张瑜在荧幕上露面，是在谢导导演的《青春》中扮演哑妹和阿燕；年仅十九岁、表演系一年级学生丛珊，在《牧马人》中成功地塑造了一位农村妇女形象；在他执导这部影视作品《启明星》中，他大胆使用了十六个智障儿童当演员，并让九岁的智障儿童刘洋担任了主演，这些孩子以他们独有的魅力，为这部片子增添了光彩。

谢导总是那么忙，来去匆匆，但似乎是在不经意间，他一下子就抓住了你的特点，并巧妙地帮助你发挥出自己的优势来。从讨论剧本、挑选演员，到拍摄、剪辑、后期制作，他总是用人所长，鼓励身边的工作人员发挥自己的意见。他的老搭档、摄影师卢俊福，在他不在场的情况下，可以代行导演之责。一旦选定了演员，谢导会鼓励演员自己去设计片中的细节。每逢"大战"前夕，他更加珍视"大将"的情绪，吃饭时，他会亲自为"大将"斟酒夹菜，此时，不用谢导说话，"大将"便会士气倍增，倾心倾力把戏拍好。拍摄《启明星》高潮戏的前一天晚上，谢导为主演刘子枫斟了酒，晚上我去看他时，刘子枫先生正在屋内来回徘徊，一步一步精心地设计着戏。第二天的戏拍得很顺利，很成功。

对待身边的工作人员，对待演员，即便只合作过一两次的人，谢导也会铭记在心，十分诚恳地关心和帮助他们。还是在拍摄《春苗》时合作过的照明组组长王多根，经谢导的帮助刚调回上影厂便突患脑出血。闻听此讯，谢导即刻赶了过去，此时，王多根的眼睛尚未闭，谢导用手为他合上了双目。在《启明星》审片期间，剧组的一个配角演员病危，时间那么紧，事情那么多，于登机返沪前，谢导还是挤出半个小时时间去家里看望了那个老演员，还带上了一兜苹果。病床上的老演员激动万分，紧紧握住谢导的手，不知如何是好。最后，他让家人拿出几幅自己的画作，挑出一幅送给谢导作为纪念。

谢导以自己的善良和真情，诚恳待人，更赢得了大家的尊重和拥戴。他的周围聚集了一批人才，这也是他事业成功的一个原因。

对电影事业执着追求

为了推出一部部动人心魄的电影，为了使一部部电影不断突破和超越自己，他总是以敏锐的洞察力和高超的学识去捕捉机遇，亲自阅读、筛选文学作品，亲自组织文学剧本，一旦确定拍摄，就百折不挠。执着的追求，决定了他的艺途会坎坎坷坷，也奠定了他艺术之树硕果累累的根基。

在《红色娘子军》中，他执意拍了一大段吴琼花和洪常青的爱情戏，反映了他们对人情人性的追求，但引起异议，在审片时被砍掉，给他留下终身的遗憾。《天云山传奇》从一开拍就有人盯着不放，谢导说："让他们说去好了。"硬是顶着风浪拍了出来。至于《芙蓉镇》，更是几上几下，那时只要一沾人情人性人道主义，就会有人议论纷纷。在封闭的时代要在电影中加入一点人性的光亮很不容易。谢导拍片子，又偏偏长于描绘美好的人情人性，这就免不了进入旋涡里。为了心爱的电影艺术，他披荆斩棘，终于闯出了自己的路子。

1982 年底，小说《高山下的花环》风靡全国，谢导看了这部"写大事、抒大情"的作品后，激动不已，产生了强烈的创作冲动。他当即给作者李存葆发了一份二百多字的电报，约定了剧本。可是不久，广播剧、歌剧、话剧、电视连续剧纷纷出台，许多人顾虑影片出来没有人看。谢导铁下心，宣告："没有退路了，拍不好《高山下的花环》，我和电影界告别！"他观看了多部战争大片，受美国越战片《现代启示录》的启发，他不惜花巨资采用三部摄影机拍摄，拍出了高质量的影片，结果卖出的拷贝数量达到了当时国产影片的最高峰，赢得纯利八百多万元，而且捧回了"金鸡"与"百花"双项大奖。

谢导对电影，真到了痴迷的程度。一旦接下剧本，就全身心投入。在《启明星》拍摄现场，他头戴遮阳帽，脚蹬旅游鞋，无论严冬还是盛夏，衣服外面总要套上一件缝着十几个大口袋的工作坎肩。大口袋时常被撑得满满的，里面有他随手用的物品：香烟、打火机、水杯、剧本、工作笔记本、笔、手帕，有时还要装上瓶酒……由于他高高的个子、挺拔的身躯，再加上他快捷的步履、抖擞的精神，这些鼓鼓囊囊的口袋不仅没有使他显得臃肿，反而显出了他十足的导演派头和大帅风度。拍摄场上，谁也没有他精神，谁也无法与他身上焕发出的朝气和蓬勃的生命力相比。用一个不一定恰当的比喻，此时的谢导，仿佛是恋爱中的年轻人，激情澎湃，热血沸腾，完全沉浸于艺术中了。是啊，电影的的确确是谢导一生追求和热爱的恋人，是他一生为之奋斗、为之奉献的恋人。

古往今来，凡成大事者，必须有开阔的胸襟。对年长十岁的孙犁先生的谦和态度，对智障儿子的担当，为人的宽容善良，心无旁骛地扑在电影事业上，都体现出谢导宽阔的胸襟、执着的爱和追求。他的生命是不朽的，精神是永恒的。

修改于 2020 年 9 月

魅力来自情与趣

——读《梁思成传》有感

我读过一些关于梁思成、林徽因的图书和文章，一直在琢磨一个问题：梁思成怎样赢得并保卫了他与20世纪有"第一美女和第一才女"之称的林徽因的婚姻和爱情，林徽因面对众多的追求者，尤其是诸如徐志摩、金岳霖这等出色的诗人、学者的猛烈追求，为什么始终不渝地选择梁思成？梁思成的性格魅力在哪里？

近来认真阅读、编辑作家窦忠如的《梁思成传》，思前想后，获得了一种明晰的解答。我觉得，除了杰出的学识，高贵的情与高雅的趣赋予了梁思成特殊的性格魅力，使他能够积极乐观地去面对人生旅程中的阳光灿烂和风雨挫折，成就了这位建筑巨人的伟大事业，也奠定了梁林这对情侣爱情的基石。

情，自然指情怀。梁思成尽管是个理智的学者，但也是一个情怀博大的性情中人。性情中人富有激情，干什么事任凭性情支配，不一定时时事事深思熟虑，凭借激情，往往能够迸发出创造的火花，干出出人意料的伟业。梁思成对自己从事的建筑事业和中华古建怀着深深的情与爱，为保卫北京古城墙，他敢冒大不韪，与当权者争执；他对祖国和人民忠贞不贰，吃多少苦也初衷不改，九死而不悔；他关爱妻子林徽因和孩子，关爱学生，这在很多文章中屡见，在此就不细述了。

我想重点说梁思成的"趣"。"趣"，指的是趣味、兴趣、爱好，拥有高级趣味和达观精神，这是大家子弟梁思成的风范，也是他鲜明性格特征的一个方面。它使梁思成精神和人生世界显得丰富而多彩。

广泛而高雅的兴趣和爱好，和梁思成幼年时期独特的生活环境和家庭熏陶有着密切的关系

梁思成的童年是极为幸运的，他不仅受到了良好的教育，而且得以在大自然中畅游。幼时，梁家居住在日本横滨，他经常跟随姐姐思顺到有着长长石台阶的小山上去玩耍。从那不高的小山上，远远地眺望美丽的富士山，那种美妙的景致一直印在梁思成的心中；后来他们搬到了神户郊外的"怡和山庄"别墅，这里不仅拥有朝向大海的一处宽敞庭院，背后还连接着一片茂密的松林，坐在别墅窗前就能看到汹涌的海浪远远地奔涌而来，院落前排空的海啸声和着别墅后面的阵阵松涛，时时演奏着一曲曲美妙的交响乐。满怀艺术情趣的梁启超形象地将这栋别墅更名为"双

涛园"。在幽默乐观的父亲梁启超的鼓励下，他们游泳、爬山、郊游、野餐，七岁时，梁思成就学骑自行车，这在当时可是十分超前和时髦的事情。

在"双涛园"的日子里，梁启超除了繁忙的日常工作之外，最大的乐趣就是沉浸在孩子们的游乐中，有时他也会积极地参与其中。对于亲切和蔼而又幽默风趣的父亲的参与，孩子们都十分欢迎和兴奋，因为这时他们不仅能够到远处去郊游，玩得更加尽兴而有趣，而且还可以吃到味道鲜美的野餐。对于这样的游乐，"双涛园"的顽童们都不会忘记，梁思成也是记忆犹新："节假日，一家人会聚在一起去箱根、奈良游玩。奈良的鹿、各地的樱花、箱根的红叶让年幼的我欣喜若狂，颇具风味的红叶油炸食品很好吃。……特别是在须磨附近诹访山松林中采集松蘑，刚采下的松蘑用枯树枝烧烤后吃下去的绝妙味道无法用语言描述。"

梁启超无疑是一个懂得营造和享受生活情趣的人，他不仅自己在日常生活中充满了人情味，而且要求子女也需懂得乐观风趣对于一个人生命的重要性。他曾经说："我生平对于自己所做的事，总是做得津津有味，而且兴会淋漓，什么悲观咧，厌世这种字，在我所用的字典里头，可以说没有。""我是个主张趣味主义的人，倘若用化学化分'梁启超'这个东西，把里头所含一种元素中'趣味'抽出来，只怕所剩下仅有个零了。我认为，凡人必常常生活于趣味之中，生活才有价值。若哭丧着脸挨过几十年，那么生命便成了沙漠，要来何用？中国人见面最喜欢用的一句话'近来作何消遣'，这句话我听着便讨厌。……我觉得天下万事万物都有趣味，我只嫌二十四点钟不能扩充到四十八点，不够我享用。我一年到头不肯歇息，问我忙什么，忙的是我的趣味，我以为这便是人生最合理的生活。"

多情、多思、多欲、多才、兴趣广泛的梁启超，对梁思成性格的形成有着重大影响。

在清华求学期间，梁思成诸多的
高雅兴趣和爱好得以充分的发展和展示

清华学堂自开办起就是一所顶尖的学校，在当时就最具有现代教育色彩，不仅重视英文和科学教育，对于美术、音乐和体育也十分重视。1914 年，有"体坛宗师"之称的马约翰应聘到清华大学任教，献身于清华的体育教育事业长达五十三年。在马约翰等人的支持下，学校规定学生必须在体育方面达到一定标准才能毕业，才能出国留学。在这种现代教育的环境中，梁思成如鱼得水，不仅学业优异，他的诸多高雅的兴趣和爱好也得以充分的展示和发展。

在清华学堂，梁思成拥有很多荣誉性头衔和职务，诸如"最有才华的小美术家""首屈一指的小音乐家""一个有政治头脑的艺术家"和"跳高王子"，以及"美术编辑""管乐队队长""爱国十人团"和"义勇军"中坚分子等等。在体育方面也很是出色，能爬能跳，曾在全校运动会上得过跳高冠军的荣誉。对此，梁思成自己一直很是得意："别看我现在又驼又瘸，可是当年还是马约翰先生的好学生，有名的足球健将，在全校运动会上得过跳高第一名，单双杠和爬绳的技巧也是呱呱叫的。""单双杠和爬绳的训练，使我后来在测绘古建筑时，爬梁上柱攀登自如。"这些都表明梁思成在许多方面，都与其父亲梁启超那"兴趣甚多"的性格极为相似。

梁启超十分关心儿子的学业，但他更关心他人格的修养，他写信给留学美国的思成："关于学业，……我怕你因所学太专门之故，把生活也弄成过于单调。……你全生活中本来应享的乐趣，也削减了不少。我是学问趣味方面极多的人，我之所以不能专职有成皆在此，然而我的生活内容异常丰富，能够永久保持不厌不倦的精神，亦未始不在此。我每历若干时候，趣味转过新方面，便觉得像换个新生命，如朝旭升天，如新荷出水，我自觉这种生活是极可爱的、极有价值的。我虽不愿你们学我那泛滥无归的短处，但最少也想你们参采我那烂漫向荣的长处。我这两年来对我的思成，不知何故常常会有异兆的感觉，怕他会走入孤峭冷僻一路去。我希望你回来见我时，还我一个三四年前活泼有春气的孩子，我就心满意足了。这种境界，固然关系人格修养之全部，但学业上之熏染陶熔，影响亦非小。……学业内容之充实扩大，与生命内容之充实扩大成正比例。"

原香港中文大学校长、著名学者金耀基谈及大学教育时有一段十分有见地的话："剑桥的教育，最有作用的恐不在言教。导修制是在言教之外还有身教，向被视为剑桥的特色。……心教是每个人对景物的孤寂中的悟对，是每个人对永恒的刹那间的捕捉。"大学应该成为"涵泳优游""益学、益游、益憩"的地方……

在悟对景物中接受"心教""浸润"，启迪心智，对一个人的成长，实在是太重要了。

从写作散文的角度讲，我发现曾经在剑桥接受过"心教"的学者，像徐志摩、董桥、金耀基、陈之藩等，他们的散文的那种感觉，那种语言的、情境的、艺术的韵味，一般人是难以企及的。那种韵味，就是剑桥大学的独特的韵味。

由此想到我们的很多学生，一步步的成长凭靠的几乎都是书本，成天禁锢于高楼大厦中，沉浸于卷帙浩繁的书本中苦思冥想，枯燥而单调，与大自然没有亲密接触，缺乏自然美和艺术的陶冶，缺乏生活的乐趣，怎么能激发出美的联想和无限的想象力、创造力呢？为什么我们许多读书拔尖的学生，常常是事业成就平平呢？

广泛和高雅的兴趣，培养了伴随他一生的
浪漫情怀和乐观精神——越挫越勇、顽强进取的精神性格

梁思成的身上流淌着父亲的血液，尽管他从事的是一门艰深晦涩的专业科学，但他的生活充满了乐趣。兴趣广博而高尚，这在一定程度为他赢得了伴随一生的美妙爱情和幸福婚姻，也使他在颠沛流离和艰难困苦的境遇中，勇敢地战胜了人生中的两大敌人——消沉与妥协。

林徽因曾经讲过，她第一次与梁思成出去是逛太庙，当时她十八九岁，摆出少女的矜持。可刚进太庙一会儿，就发现梁思成不见了。一会儿听见有人叫她，抬头一看，原来梁思成爬到树上去了，正得意地看着她呢。这就是活泼调皮的梁思成。

　　在漫游欧洲的蜜月之旅中，梁思成将一面外形古朴而奇特的镜子送给林徽因，并轻轻地在她的耳边说了声：生日快乐！这时，林徽因才想起这天是自己的生日，而当她幸福地欣赏这面仿古铜镜时，才发现除了镜面上镶嵌着一面圆圆的现代玻璃外，背面还镶刻着中国敦煌莫高窟中所特有的仙女飞天图案，飞天图案四周环以卷叶花草纹饰，纹饰之外的下方有两条脚线，在脚线之间铸有"徽因自鉴之用　民国十四年元旦思成自镌并铸　喻其晶莹不玷也"等字，字迹匀称而清晰，一看便知是梁思成的笔迹。这是梁思成在哈佛大学东方人文艺术研究院攻读博士期间，利用一周的业余时间亲自铸造、雕刻、打磨而成，并进行了精妙逼真的仿古处理，曾使该校一位东方美术史教授误以为是中国北魏时期的古董。可见，在梁思成的骨子里，实在是充满了真正的浪漫情愫。

　　在十分艰苦的岁月，在抗日战争的流亡中，梁思成始终保持着积极乐观的生活态度。他全家千里逃亡到边远小城，夫妻患病，衣食无着，吃尽了千辛万苦。贫病交加中，梁思成还经常带领孩子到河边散步，用石头在河面上"打水漂"。他的幽默和风趣给女儿梁再冰留下了深刻的印象："家中实在无钱可用时，父亲只得到宜宾委托商行去当卖衣物；我们把派克钢笔、手表等

'贵重物品'都'吃'掉了。父亲还常开玩笑说：把这只表'红烧'了吧！这件衣服可以'清炖'吗?"正是因为梁思成这种难得的乐观性情，不仅使家人度过了漫长的李庄难关，而且还带领营造学社成员积极创造条件，坚持到野外调查古建筑，取得了令世界学界都为之瞩目的辉煌成就。

在人生的低谷，梁思成幽默风趣的天性从不曾泯灭。北京市建筑设计院高级建筑师黄汇回忆说，他们一批刚进清华的同学曾经到颐和园玩。"一到谐趣园，我们不由得叫了起来：'快来看呀！这里有个小老头水彩画得真棒！'他又瘦又小，抬起头来看了看我们胸前佩戴的清华大学新生的小布章：'呵！了不起！清华大学的学生。你们也喜欢画画？是哪个系的呀?'我们颇有些得意地表示：'当然，我们是建筑系的学生。……''建筑系？你们的系主任是谁呀?''不知道……''好，我也累了，不画了。我请你们上楼看看吧。''上楼？那小楼上是不开放的。''没关系，我就住在上面。''你是颐和园的干部吧？住在这地方多好玩！''我是个没事干的小老头，住在这里并不好玩，因为没人跟我玩。你们来了这里，带我玩行吗?''行！你这人挺好玩。'他请我们上了楼，吃了许多好吃的零食，然后又带我们到对面竹林旁的一块平整的场地上席地而坐，他坐下去很困难，就垫起了一块什么东西。当时玩的是'叫名字'游戏。他自报的名字就是'小老头'，而且一下子就记住了我们四五个人的名字。"此时，他的伴侣加知音林徽因刚刚去世，而且正在遭"复古主义大批判"，总理关照他在谐趣园修养。

在建筑学专业和文学、绘画以及音乐等方面
共同的爱好和兴趣，是奠定梁林二人婚姻爱情的基石

梁林第一次见面，都留下了美好的印象。梁思成后来在回忆与林徽因初次相见的情景时，话语里充满了一种美好和甜蜜的感觉，这种感觉一直伴随了他终生。而林徽因呢？"如此富有朝气、广博扎实的学识、幽默不俗的言谈，毫无富家子弟的轻浮与做作"的梁思成，同样给年少但较为早熟的林徽因留下了一种深刻而心动的记忆。

林徽因在文学艺术方面的造诣十分之高，因为林徽因痴迷的缘故，梁思成对于集绘画艺术与工程技术于一体的建筑学，产生了浓厚的兴趣，决定了他一生从事建筑事业的选择。这门新学科使两人携手终生，从而共同创造了不朽的事业。

集美女和才女于一身的林徽因对当时的青年俊杰，具有着巨大的吸引力。追求她的徐志摩、金岳霖等出色的诗人、学者都是重量级人物。

徐志摩不仅出生在一个非常富有的银行家家庭，而且还属于那种典型的江南才子形象，可以说是才华横溢风流倜傥，是众多少女心目中的"白马王子"。可林徽因不仅没有爱上他，而且明确表示拒绝，果断地选择了举止文雅、学业优异、多才多艺的梁思成。当从国外追随而来的徐志摩再次向林徽因发起猛烈追求时，林徽因已不再是一个人去应对，梁思成勇敢地站了出来，迎

接并最终战胜了强劲的情敌徐志摩。当时已有婚约的梁林二人特别喜欢到北海快雪堂松坡图书馆读书与约会，徐志摩也经常"到此一游"。对此，梁林二人为了避免徐志摩的搅扰，在进入图书馆之后就用自备的钥匙锁上大门，并在门上贴了一张用英文写着"情人不愿受干扰"的纸条。徐志摩见到这张纸条后，"只得怏怏而去，从此退出竞逐"。

1932 年，已经身为母亲的林徽因遭遇了又一次情感困扰，因为她"同时爱上了两个人"。另一个人就是梁家在北京北总布胡同的邻居、清华大学哲学系教授金岳霖。林徽因对梁思成坦陈了心中的矛盾。对于婚姻危机，梁思成把三个人反复放在天平上衡量，觉得自己尽管在文学艺术各方面都有一定的修养，但缺少老金那哲学家的头脑，认为自己不如老金。"于是，第二天我把想了一夜的结论告诉徽因，我说，她是自由的，如果她选择了老金，我祝愿他们永远幸福。我们都哭了。过几天徽因告诉我说，她把我的话告诉了老金。老金的回答是：'看来思成是真正爱你的，我不能去伤害一个真正爱你的人，我应该退出。'从那次谈话以后，我再也没有和徽因谈过这件事，因为我相信老金是个说到做到的人，徽因也是个诚实的人。后来的事实证明了这一点。所以我们三个人始终是好朋友。"由此看，梁思成对妻子无比信任、理解、宽容，对朋友十分豁达大度，是一个真正的男人。

对于梁林二人爱情的最大考验来自于他们自己，来自于他们截然不同的性格。林徽因性格外向，为人热情，善于交流，容易激动，个性鲜明而强烈，脾气稍显急躁；而梁思成则性格内向，待人沉稳，感情含蓄，做事认真，虽幽默但不够浪漫。对此，熟悉和了解他们的人都知道，正是因为这种性格上的巨大差异，导致他们几乎一生都在争吵，这似乎也验证了中国一句古老而带有哲理性的俗语——"不是冤家不聚头"。不过，梁林二人是一对"欢喜冤家"，争吵一生也恩爱一生。

在大学时代，他们性格上的差异就表现了出来。满脑子创造性的徽因常常先画出一张草图或建筑图样，随着工作的进展，会提出或采纳各种改进的建议。当交图的最后限期快到时，拼命赶工也交不上齐齐整整的设计图稿了。这时思成以他那准确和漂亮的绘图功夫，把那乱七八糟的草图变成一张清楚整齐的交卷作品。他们的这种合作，每人都向建筑事业贡献出自己的特殊天赋，贯彻于共同的专业生涯的始终。这种性格优势互补，使他们在共同钟爱的建筑事业中默契配合，从而取得了极其辉煌的成就。

对于他们的这种"黄金组合"，《林徽因》一书的作者张清平曾用建筑术语形容："梁思成是坚实的基础和梁柱，是宏大的结构和支撑；而林徽因则是那灵动的飞檐、精致的雕刻、镂空的门窗和美丽的阑额。他们一个厚重坚实，一个轻盈灵动……他们的组合无可替代。"

（《梁思成传》百花文艺出版社2007年出版）

创造性的生命

—— 我所认识的赵鑫珊先生

一位职业编辑，在其职业生涯中，如果能够遇到和发现几位能够使他的生命绽放出光华的作家，那真是幸事。能够结识赵鑫珊先生，将其视为自己精神的导师，并为其编辑、出版了几部书稿，我一直引为我职业生涯的幸事。

缘于退休，赵鑫珊先生又很少用手机，我们联系少了。2018年春，我给他打电话，他的手机已经停机，家庭座机也打不通，我给他写信并寄赠了我新近编选出版的韩美林先生的散文集《拣尽寒枝不肯栖》，也没有回音。直到2018年夏遇到上海的一位文化杂志的主编，问起鑫珊先生，说是他好像不大好。问其究竟，这主编不知。后来一连问过三位上海文友，均不大知晓，也没有见到任何媒体发表消息。最近同事从他侄子处，方才知道他于 2020 年 9 月病故，至今在"百度"上也查不出他故去的信息。

对这样一位著作等身的学者、作家晚年和身后的冷寂，我深以为憾！深以为憾！

1994 年夏，我一口气读完了赵鑫珊先生的著作《贝多芬之魂》。作品充满激情地展示了贝多芬灵魂的痛苦和人生的超越，折射出 19 世纪的欧洲精神的大矛盾和大骚动，同时也显现了作者的精神状态和生命追求，深深地震撼了我。作为编辑，我尤为敬佩作者的才华、知识、见解和激情，认定他是一位文化精英，我暗下决心，一定要为他编一部书，而且要编辑一部他的力作。

天遂人愿，功夫不负有心人。时光过去了四年，我的书架上已经摆放着百花文艺出版社出版的、我担任责任编辑的他的两部文化专著——《希特勒与艺术》《战争与男性荷尔蒙》；而后，编辑、出版了他的另一部具有代表性的建筑文化与艺术专著——《建筑是首哲理诗》，副题为"关于世界建筑艺术的哲学思考"；再以后，我又责编了他的《建筑：不可抗拒的艺术》和《澳门新魂》。鑫珊先生拥有着众多的读者，他的每部书都会加印，《建筑是首哲理诗》加印了好几次，而且得以再版。

鑫珊先生对建筑、对音乐有一种天生的敏感，有一种发自骨子里的热爱。从建筑中，他能听出旋律，听出音响；从音乐中，他又能看出建筑形式和风格。每一次路经上海外滩，昂首凝视那一座座直指蓝天白云的欧式建筑，他都会发出由衷的赞叹，胸中都会涌荡起莫扎特优雅而流畅的乐曲。创作此书，他调动了他几十年来感情、人生体验和学问的积累，书中有许多思想的火花在闪烁，有许多艺术的灵感在迸发，这是真正的艺术创作，阅读时让人浮想联翩、激动不已，可以想见鑫珊先生创作时的巅峰状态……在某种意义上，可以将此书称作他在建筑世界里的《贝多芬之魂》。缘于编书，我一步步熟悉并了解了鑫珊先生。

俯而读　仰而思

经常会有读者问我：鑫珊先生是学什么专业的？有人以为他是学哲学的，有人以为他是学德语的，有人以为他是学音乐的，有人以为他是学文学的，还有人以为他是学数学或是物理的。

其实，他毕业于北京大学西语系，真正的专业是德国文学。可他涉猎广泛，对哲学、数学、物理和音乐等都进行过专门的研究，有着广泛而深厚的文化艺术造诣。他还精通德语、英语，创作《希特勒与艺术》一书时，他在德国各地亲自采访过一百位参加过二战的人员，用一口流利的德语甚至德国的地方语与他们交谈。在哲学领域，他写过《诗话自然哲学》《科学·艺术·哲学》；在数学物理方面，他写过《普朗克之魂》；在音乐世界，他写过《贝多芬之魂》《莫扎特之魂》，其中许多见解和专业知识，就其深度和新度，都超出了许多专业研究人员。

一个人，何以能够掌握这么多的学问？人们不禁会问。我以为，除了他的天赋和勤奋外，这主要得益于他富有创造性的学习

114

方法。

在辽宁西部牧羊时，为了不虚度时光，他每天早晨赶着羊群出发时都要带上书。在那极"左"时期，书籍大都成了"封、资、修"，读书成了罪状，他担心别人会发现，就每天撕上十页装在口袋里，一部英文的《简爱》就是每天撕十页看完的。随看随扔，他脑子好，看完了就记住了。一连看了几部英文的原著，也就基本上学会了英语。同时，他还做了一千多道微积分习题，短短的几年中，他坚持每天读十页书，学数学，学物理，学哲学，背唐诗，俯而读，仰而思，蓝天白云，碧树绿草，获取了开取知识宝藏的金钥匙，获取了人生智慧的启示，填充了焦渴的魂灵。

而他从那时养成的撕书的习惯，一直沿袭到今天。有时，为了说明某本书在社会上的影响，他会撕下一张弯弯曲曲的报纸寄给我；有时，为了证明某本书的印数和版次，他又会撕下某本书的版权页给我随信寄来……不过，谈到撕书，他很严肃地对我说：我只撕自己的，从来不撕别人的书。无独有偶，一次我与余秋雨先生同机从北京去海南，朋友托我带给余先生两份报纸，他很快地浏览完，把需要的部分撕下来装进包里。

比起有些学者、作家，鑫珊先生的藏书并不很多，但他会从多方面摄取他所需要的知识。逛书店，他可以一站几个小时浏览他所需要的书籍，用脑子记下；读报纸，凡是他创作用得上的地方，他都会用粗粗的红线画出来，撕下来；看电视呢，他也有重点，刻意搜集于他创作有用的信息，从他的作品中，经常可以看到从各方面获取的最新资料和信息。

为创作《建筑是首哲理诗》一书，他先后用了半年时间泡在同济大学图书馆的外文书库，阅读国外大量最新的原版建筑图书和期刊。那些日子他日出夜归，日日静坐在外文书库读书，内心却像一团火，一边阅读、思考，一边写作，有时一天要在大学食堂吃三顿饭。那时，他家距同济大学步行只有十五分钟的路程，每天往返的路上，也是他思维最活跃的时候，书架上那些有关建筑哲学、建筑美学和建筑史书刊的冲击波，还继续在他身上起作用，久久不会散去。

据他的妻子周玉明讲，那一段时间，他完全沉浸于创作的冲动中，创作的火花不断涌现，常常夜间睡上两三个小时就爬起来写作，有时自己一觉醒来，他已经写了两千多字了。一天早上，他非常高兴地和妻子讲了半个多小时，说是凡是看着比较舒服的建筑都是圆顶的，可能因为人的眼睛是圆的，所以看圆的东西特别舒服。由这个发现，他马上又写出了新的一章"上帝偏爱圆形或椭圆形"。他说过："我确信，哲人洞见的原点常常不是来自书本上的概念，而是来自内心的独特体验，包括领悟和灵感一现。"

有的人，也可谓嗜书如命，经常逛书店、交书友，夸夸其谈，自命清高，可一到实际，与真学问永远隔着一层，读了一辈子书，到头来一事无成，这是为读书而读书，百读而无一用。

鑫珊先生主张站在书上读，鄙视趴在书下读，要以我用书，毋为书所绊。创作《建筑是首哲理诗》"宗教建筑"一章时，有一天他到同济大学去看资料，早上8点走的，告诉妻子晚上回来，到了书库，看到相关的资料比比皆是，几个月也看不完。这怎么行？他索性什么也没看回了家，到家才上午 10 点，他开始苦苦思索从何入手写作这一章，他认为必须写他自己的认识、自己的感觉，然后再去阅读、去调动有关的资料。宗教建筑是什么？他找到了自己的感觉，提出了自己的见解：宗教建筑是人与神对话的地方。于是提笔写下了这一章。

鑫珊先生俯而读，仰而思，不吃别人嚼过的馍，不落前人的窠臼，意在创造，立在创新，为社会创造了丰富的精神财富。迄今为止，他创作、出版了三十余部书籍——《贝多芬之魂》《莫扎特之魂》《普朗克之魂》《建筑是首哲理诗》《莱茵河的涛声》等等，均为高层次、高品位的文化和艺术专著，已经成为许多追求新知识、新文化青年知识分子的必读书。

形而上的忧虑和困惑

鑫珊先生写作，不是完完全全成为某个领域的专家而表述自己的学术观点，更重要的，他是为了表述自己内心的一团激情和惊叹，先有"临渊羡鱼"，然后才"退而结网"。

他内心的一团激情绝不是某些视野狭窄、寓于个人小圈子的作家的多愁善感、无病呻吟，他的激情是充满阳刚正气的形而上的困惑和忧虑所引发的，是对人生、对世界的激情。

比如，1993 年初夏，鑫珊先生对德国作为期半年的学术访问。8 月的一天，他在巴黎参观卢浮宫，排队时，他听到两个美国老人议论当年德军抢劫卢浮宫艺术珍品的情形，他被激怒了，下决心用笔来控诉、揭露希特勒破坏人类文明的罪行，控诉希特勒对艺术女神的亵渎。他开始系列地搜集资料，最后创作了意在揭露希特勒文化专制主义的著作——《希特勒与艺术》。

在编辑这部书稿时，我注意到他包稿件的报纸大多是《上海译报》《上海广播电视报》，上面被他用粗粗的红色彩笔勾画了许多处，凡是勾画的地方全是与二战有关的内容。为纪念世界反法西斯战争胜利五十周年，当时上海电视台正在播放纪录片《二战警示录》和《士兵日记》，这部片子上下全被他画了重重的红线，说明这是他必看的节目。而对其他节目和电视剧等，他全然不予理睬。其时间大约是 1995 年 6 月至 8 月间，这段时间，他的情绪完全沉浸于二战，他生活的重心就是要用笔来表述对希特勒法西斯主义及文化专制的愤懑。他一个人住在破房子里，一锅萝卜排骨汤他可以一连吃三天，有时吃下了隔夜的馊饭也不知道。

出于对战争、贫困和对人类终极命运的关注，他从脑科学、神经系统生理学和犯罪生理学的角度探讨了引发战争的生理原因，创作了《战争与男性荷尔蒙》。

出于对贝多芬"为世界痛苦"的深层理解，深刻展示贝多芬灵魂的状态和灵魂的处境，他创作了《贝多芬之魂》。

出于对莫扎特高贵、宁静而祥和的精神境界的神往，他出神入化地描摹了莫扎特精神的美、音乐的美，创作了《莫扎特之魂》。

出于对人类生存环境的担心和忧虑，他痛苦不堪地描述了深受工业污染的地球的惨况，创作了《地球在哭泣》。

......

他的《普朗克之魂》《科学·艺术·哲学》《诗话自然哲学》等等几乎所有的著作，都是力图构筑一个深沉的哲学王国，都是借助于数学诗、音响诗、建筑诗、自然哲理诗去追寻世界的本源、去追寻生命的意义。他这样认为："人生也许本无意义，但为了生机勃勃地活下去，就必须找出一个至少是你自己认为是有意义的那个意义来。至于我，我一刻也不能生活在一个无意义的世界。"

1997 年端午节，他正全力以赴地创作《建筑是首哲理诗》，别人请他和妻子吃饭，他开始怎么也不肯去，在妻子百般动员下，最后终于去了。而正当宴会进行到高潮时，他人却不见了。一个多小时后他才回来，原来是到附近的城隍庙看老房子去了。整个宴会他是"身在曹营心在汉"，仍在思考、创作着他的书，在实现着他的那个人生的"意义"。

在一切文化创造者的内心，都有一种形而上性质的忧虑和困惑，这是一种对世界对人生的根本的惆怅。鑫珊先生的内心就充满了这种根本的惆怅。最近几年，他对一些全球性问题深感忧虑和不安，看电视、看报纸、与人交谈，他所最为关注的是生态环境、禁毒、战争和自然灾害。1996 年的一天晚上，他突然打电话给我，说上海刚刚发生了一次小小的地震，天津有没有震？我知道，他准是又在思考这方面的问题了。

他认为，21 世纪是全人类共同面临全球性问题的世纪，对于做学问的人来说，有问题总是件大好事：小问题，造就小学者；大问题，造就大学者；全球性问题，造就世界性学者。世界性学者，就是"世界公民"。而成为一位"世界性学者"，成为一位"世界公民"，正是他奋斗的目标，是他从事文化创造的动力。他对自己施加压力，造成一种紧迫感、使命感，使自己成年累月地处在一种紧迫状态中，恒定地向一个目标挺进。

1993 年 8 月，赵鑫珊在科隆附近的荷亨姆参加一个生日晚宴。晚上 10 点钟结束时，友人要开车送他回到他所居住的布拉次海姆村。赵鑫珊婉言谢绝了，他要徒步走回去，一个人"体验一下德国的天和地，星空和乡野四周静悄悄"。德国友人善意地劝告他，两地之间路途很远，估计要走两三个小时。鑫珊先生回答说，用两三个小时体验莱茵河地区深夜的天和地，是一件非常值得的事情。那天夜里，鑫珊先生足足步行了三个半小时，已经超出了德国友人的预期。因为他边走边看，走走停停，"时而仰头看繁星密布，时而站在一处不动，谛听大地的宁静呼吸"。

心理上时时有一种对世界、对人生的关注和忧虑，是一个人精神上高贵的标志。许多了解他的朋友称他是"精神贵族"，这个头衔对他来说很合适，在精神上，他永远向往着蓝天白云，昂然向上，清新脱俗。我想，这也是众多青年知识分子喜爱鑫珊先生著作的缘由。

营造安稳的"心理屋"

每个人，都有一个心灵的角落，都有一个不愿示予外人的角落。因此，每个人都需要有一个自己的具有私密性的建筑空间，以在一定的时间内，将自己同社会、同外部世界相对隔离开。在这段时间内，人只愿独处一室或只同自己的亲人相处，否则他的心理会失去平衡，这是人性的需要。一般来说，文化层次、思想层次和精神追求愈高的人，这种需求也会愈高、愈强烈。

在这方面，精神分析学家荣格的例子很有代表性。荣格曾经几次修建他的"家园"。

1923年，四十八岁的荣格不得不与恩师弗洛伊德决裂，他的精神陷入极大的苦闷之中。这是他一生最为苦恼和最为重大的事件。此时，他在依山傍水、草木葱郁的鲍林根修建了由他自己设计的房屋，并且设计了一个塔；1927年，他加盖了一座相同的塔形房屋；1931年，在两座房屋之间，他又添建了一座小塔，位置凌驾于其他两座塔之上。

塔对荣格来说，似乎具有特殊的意义，是一个与外界隔绝的"家园"。在这里，他仿佛回到母亲的子宫里，可以放松紧张的神经，可以把过去的生活静静地进行反刍、消化，从而酝酿对未来人生的一种新的感觉和新的情绪，在根本的烦忧、苦闷和孤独中振拔活力，完成创造。

诗人的格言是："我追逐自己，寻找自己，跑到天涯海角，才找到了自己。"

哲人的格言是："我追寻世界，寻找世界，跑到自己的内心，才发觉了世界。"

对于生生死死追求世界观满足的鑫珊先生来说，精神生活的质量高于一切。因此，拥有一间具有私密性的房屋对他来说至关重要。

可从上学、工作算起，他生命中的许多年是在集体宿舍中度过的。在集体宿舍中，他觉得他所读的每本书，他所写的每个字，他的一举一动，都在同屋人的监督之下，他曾经多次试图逃离这种监视，获取精神上的相对的自由。

在农科院工作时，他用书在桌子的周围搭起了高高的书墙，试图将自己同外界隔开。那时，他们四个人同住在一间集体宿舍，一次，恰逢其他三人一起到外地学习一段时间，他高兴坏了，终于得以一人拥有一间房屋了，哪怕暂时的也好。不幸的是，马上有人出来让他搬到对面的房间去，原因是"便于管理"。鑫珊先生真恼火呀，他恨这个没有个人隐私权的集体宿舍，他感到很大的压抑和痛苦。

他的反抗形式别具一格，反抗力量也强硬得多，他从现实世界脱身，毅然决然地走向了自己的内心世界。置身于繁杂的人群中，你看他木讷无语、沉默寡言，实际上，他也许正在进行紧张的心灵对话，或许已经全神贯注地探索某个哲学问题。在对自然和哲学的思考中，他找到了豁达和宁静，在内心世界搭起了一座永不坍塌的房屋、一座坚固无比的要塞、一座富丽典雅的宫殿，建筑材料是另一种花岗岩和大理石——老庄哲学、西方哲学、数学理论、物理学、古典诗词和音乐……他的精神日益富有起来。

在《建筑是首哲理诗》中，鑫珊先生一个观点很发人深思，即：人要有房屋，才能建立家庭；可有了房屋，有了家庭，人不一定就有家的感觉；只有有了家的感觉，人才是幸福的。在这里，房屋和家庭是物质前提，家是基于物质之上的精神感觉。这个新颖而有见地的观点，无疑地融进了他的人生感悟，体现了他的形上追求。

人的躯体，需要有个物质的屋；人的生存和发展，需要有个家庭。经历了坎坷和曲折，鑫珊先生终于有了能够容身的二室一厅，有了一个美满的家庭。可这一小套房是借住的，他们盼望着能有一套自己的居室。妻子的要求比较高，想拥有一套大一些的；鑫珊先生想买一套小一些的。倘若真正拥有自己现在住的这样一套四五十平米的住房，他就很满足了。他们终于在浦东定下了一套宽敞的住房。精神创造者理应享有物质财富，他们物质的屋理应和精神的屋相匹配，这样的社会才是正常的，我为他们而高兴。

然而，心向高拔的鑫珊先生不仅仅满足于宽敞的房子、温馨的家庭，他还要一本接一本地出书。你看，《建筑是首哲理诗》刚刚印制完成，《文明的功过》又即将脱稿，而另一部大著已然在他胸中酝酿成熟……只有一本接一本地出书，他的灵才有所寄，他的魂才有所托；只有不断地出新、不停地创造，他才能真正地找到幸福的感觉，才有一个安稳的"心理屋"。在这方面，他永远呈现饥饿状态，永远吃不饱，更多的不是为了世俗的名和利，而是为了圆"世界公民"这个梦，为了建立一个恒久的精神的家园。说到底，生生死死地为了世界观的满足。

为了人的尊严

好久没有看到这么令人荡气回肠的艺术作品了——二十二岁的美国斯坦福大学华裔女学生自编、自导、自创乐曲，并亲自指挥的音乐剧《时光当铺》，我一连看了四场，场场流泪，长时间沉浸于悲情中，剧中的乐曲徘徊于脑际。

今年上半年，《时光当铺》在斯坦福校园连续演出十场，场场爆满，一票难求；

6月18日至24日，应邀与《图兰朵》《妈妈咪呀》等世界各地一流经典音乐剧出席韩国大邱国际音乐节。《时光当铺》以原创精神和全球视野，在大邱独领风骚，胜券在握；

6月30日和7月1日在澳门两所学校演出两场，受到学生们热烈欢迎，场上掌声不断，经久不息，一位专家看后说，"澳门人很平和，很低调，很多十分著名的歌星，也常常是自己要掌声，很少出现这样热烈的场面"；

7月4日至6日在成都连续演出三场，场场爆满，一位观众在网上说："《时光当铺》的三场演出，我一场都没有落下，在观赏这个音乐剧演出的过程中，我禁不住陷入沉思，思考我们的世界，思考死亡……《时光当铺》是曹禅和同学们为今夏的成都带来的心灵鸡汤，给成都最真实的感动和最真实的震撼。"

华人女孩曹禅

第一次见到曹禅，那乌黑浓密的长发，那烁烁闪亮的眼睛，显示着这位华人女孩的烁烁风采——自信、灵性与才华。

第二次见到曹禅，她刚从美国赶回北京，她抱着吉他、眼含热泪在忘情演唱。

6月底，再一次见到曹禅，是在澳门，她率领着一个由二十八名学生组成的艺术团队——斯坦福大学《时光当铺》剧组，到澳门演出。她是这个有着不同民族、不同肤色、不同专业的大学生组成的艺术团队的灵魂人物。随着她动人的鼓声、吉他声，她的团队演奏出撼人心魂的音乐。

二十二年前，她出生在新疆戈壁一个偏远的牧场里，浩渺的戈壁草原，使她得以亲近苍天大地，聆听天籁之音；从小学一年级开始，曹禅随着父母辗转于北京、青岛、广州、香港、加拿大。她在游走和迁徙中长大，在不同东西方文化环境中成长，兼容并蓄东西方优秀文化，养育了她博大的胸襟与广博的视野。

2008年，她以优异的成绩考上了斯坦福大学英国语言文学系。

2010 年，她自编、自导、自创音乐乐曲，并组织指挥了音乐剧《时光当铺》。她于二十二岁的花样年华，张开了她生命的翅膀，创造了神奇的艺术作品。曹禅也因此获得殊荣，成为 2010 年美国十五大杰出青年。斯坦福大学及美国戏剧界的专家和著名教授一致认为：曹禅将是美国戏剧界、百老汇的明日之星。

尽管离开祖国多年，但她心依然是中国心。在成都娇子音乐厅首次公演，剧终后，在观众和演员的热烈掌声和呼唤声中，在乐池中指挥的曹禅跑上舞台，动情地说：2008 年，在得知汶川地震的消息后，我即刻订购机票，以最快的速度飞到成都。到了映秀，我站在废墟上，捡到了一个蓝皮的作业本，上面有两个三角，后一个缺了一道，我难过极了。我当时暗暗发过誓，一定要再回成都，再回四川，把最好的礼品献给亲爱的四川人民！

"从一朵鲜花中窥见天国，于一滴露珠里参悟生命。"看着这才华出众而又具悲天悯人情怀的女孩，我从心底说：天之骄子！

为了人的尊严

《时光当铺》的剧情在炸弹即将爆炸的瞬间铺排开来——一个生活在北美的华裔家庭，9·11 的恐怖袭击夺去哥哥年轻的生命，为复仇，亚伯拉罕·牛投身阿富汗战争。几年中，相互厮杀，炮火隆隆，他无法安宁，痛苦不堪。再过五天，他就要回家了，在炸弹落下来的那个瞬间，他用自己的身躯覆盖在阿富汗孩子们身上，牺牲了自己，保全了孩子。作品充满想象力，将炸弹爆炸的瞬间拉长，回放了与生命息息相关的人和事——母亲梅移民加国后的苦难，父母真挚而苦涩的爱情，童年的玩具，苦苦等待他的姑娘……

作品揭示了恐怖与战争对人性的杀戮，抒写了华裔移民心灵的痛楚，展现了可贵的人情亲情爱情，展示出生命的尊严。主人公本可以活着回家，可屠戮平民百姓，眼看着无辜的儿童死于"我军"的炮火下而见死不救，但他自己也会成为恶魔，无法用沾满鲜血的双手拥抱心爱的姑娘，无法泯灭天良屈辱地活下去。为了人的尊严，为了保持纯洁的人性，主人公选择了"成为上帝的儿子"。哪怕中国人、美国人、加拿大人都不再记得他，他也义无反顾，因为"天知道"！保持人的尊严，是对生命的敬畏，对人世的关爱，对道义的守望，于人比什么都重要。一个普通华裔士兵的人格力量、生命光华，在炮弹即将爆炸的瞬间被强力展现出来。

一个二十二岁的学生，怀着一颗良善的悲悯之心，去发掘、去表现他人的生命价值，那么深刻、精辟地直抵人性、人的灵魂深处，那么真诚地呼唤和平，呼唤人的尊严，这怎能不令人深深地感动？——给动荡的社会一种定力，给浮躁的世界一些安宁，敬畏生命，敬畏人的尊严，这可能是《时光当铺》的终极含义。

悠扬的乐曲和鲜活的语言

曹禅用十九首旋律优美、意蕴高远的歌曲，串起了全剧情节、人物，我不懂音乐，但一经音乐响起，我就激动；剧中的词曲，一直萦绕于脑海，不时会吟唱几句。

在成都演出时，我亲眼看到两位六七岁的男童，坐在家长的腿上观剧，我很担心，害怕他们吵闹影响剧场气氛。没想到，第一场后面那说英文的华裔男孩始终没有吵闹，演出后我还对他妈妈夸奖他；第二场坐在我前排的男孩始终全神贯注地观剧，剧终时，竟然站着十分投入地和大家一起拍手。两个男孩也能看懂这部音乐剧？我与朋友细究原因，只有一个——孩子喜欢音乐，音乐使人心相通，《时光当铺》悠扬而富有灵性的旋律攫住了男童心魂，使幼小的心灵也感受到了生命的庄严。

其中《街角店的宣言》《AK 枪独白》《摇篮曲》《有情之火》《狗日子》《梅的咏叹》《天知道》《恩典时代》《日落时分》等予人以深刻的震撼。

主人公父母在艰难岁月中相知相爱，妈妈用中文唱出的一首咏梅的《摇篮曲》，是妈妈苦难而坚强命运的写照——

一三五七九二五一十

北国的风雪依然积在心底

待到山花烂漫时发现

梅还在丛中笑

傲雪寒梅，铸就了一个民族灵魂的面貌。这是剧中唯一一首用中文演唱的歌曲，出生于菲律宾的演员，十分具有表演力，烘托出强烈的气氛，观众为这样苦涩又真挚的爱情落泪，为生命的庄严落泪。

　　亚伯拉罕与梅合唱的《天知道》感人至深——

　　　　天知道

　　　　天知道

　　　　河往哪里流

　　　　水在哪里转

　　　　天知道

　　　　天知道

　　　　人们去向何方

　　　　人们栽种什么

　　　　山川聚集的注定要呈现

　　　　沉潜水中的不会永远隐而不现

　　　　日头剖开的，月光来医治

　　　　只是让我做一个印记

　　　　让我做那个印记

　　　　……

　　　　就让我做一个印记

　　　　让我做那个印记

　　世间万物，稍纵即逝，亚伯拉罕的牺牲，很多人不会知晓，更不会记住，他只是个印记，为了爱，为了尊严，为了更幼小的生命，他甘愿成为印记。但人人头顶苍天，天知道一切，知道正义、良知、生命、尊严，亚伯拉罕"将复兴/如青麦/逆流而上/到日出的地方"。

《时光当铺》的台词、曲词很多是创造性的，新颖、生动、准确地表达出人物的经历、境况和生命境界。"沙漠""雪原""苍天""大地""流沙"等语汇在剧中似乎脱口而出，"白骨点亮夜晚""麦浪起伏""陌生的太阳，穿透我脊梁""霞如火炭""群星泼洒满天""你将兴起如青麦"等形象的语句也不时出现，文字在生命中被唤醒，这和作者出生于新疆戈壁有莫大的关系。日出日落，天宇辽阔，大地无垠，养育了作者博大的胸怀；充满想象力的舞台空间，打开了一扇窗，叫人窥见了前所未见的瑰丽又庄严的精神世界。

曹禅是幸运的，世界一流的大学，为她才华的施展和创造性的思维提供了大舞台；不同肤色、不同族裔的青年才俊，聚集于《时光当铺》，使这部剧显得更加丰富、生动和亮丽。这些佼佼学子也是幸运的，参加世界巡演，开拓视野，游历大千世界，为他们人生积蓄了宝贵的财富；《时光当铺》为他们施展才华提供了大舞台，使他们的青春闪烁出夺目的光华。

春天的气息

——我所认识的潘耀明①先生

2019 年初春的深圳集悦城，喜气洋洋，春雨霏霏中，世界华文旅游文学会馆举行了隆重的揭牌仪式，来自世界各地的华文作家济济一堂，最为欣慰的当属会长潘耀明先生了。早在 2005 年，他整合了亚、美、欧、加、澳三十多家文学社团，动员了一大批学术精英和传媒名流，在香港特别行政区政府注册，成立了世界华文旅游文学学会，奋斗了十四年，终于有了永久的会馆。会馆大门上方为饶宗颐先生题写的"世界华文旅游文学学会"十个大字，两侧也是饶宗颐先生的题联"延高朋以入座，启文明之广窗"，分外引人注目。

水唯能下方成海

我从事编辑工作几十年，在我接触比较多的作家、艺术家和编辑记者中，要说穿衣、做派最有"范儿"的，一位是艺术大家

---

① 潘耀明，笔名彦火，作家，编辑家，出版家。世界华文文学联盟秘书长，香港作联主席，《明报月刊》总经理、总编辑。

韩美林，一位就是潘耀明先生了。若说"人不可貌相"，有一定道理，但透过人的"貌相"，尤其是后天的"貌相"折射出的精神气象，可断断不可小觑。

韩美林，个子不高，经常穿一件夹克，干净利落，圆圆的脸庞，一双滴溜溜转的大眼睛，显得神采飞扬、活泼而富有生机。观看韩美林艺术作品有一种激情，有一种冲动，觉得其神秘而高贵，古朴而现代，民族而世界，众人参观韩美林艺术馆后都有一种莫名的激动。很多外国友人对他的艺术也喜欢得如醉如痴。他所设计的五龙艺术钟塔、北京申奥标志、北京奥运标志和北京奥运吉祥物福娃等，赢得世界人民的喜爱。他所画的牛、马、羊等众多小动物乃至人体，夸张、变形得很厉害。他的钧瓷、紫砂、雕塑、陶艺等都那么生动、鲜活……已经成为大家共识的一种艺术符号。

潘耀明先生的个子也不高，国字脸，眼睛似乎不大，戴着一副黑边眼镜，我印象中，在正规场合，他经常穿一件中华立领中山装，简洁大方，显得精神饱满，十分精干而儒雅。一位作家曾经写道："很多貌似简单的东西都不简单，比如中山装，只有充沛的灵魂才撑得起来，任何自卑猥琐都不适合这种风格。"无论是在香港中文大学高雅的讲堂之上，抑或在艺术界人士聚会之中，甚至在与林青霞、刘诗昆等明星雅士的晚宴上，潘先生的气质、风度都很是引人注目，应得上一句"真正的名士，自带风流"。

认识潘先生多年，凭他的气质，我一直以为他出身于书香门第或贵胄世家，直到近年，他写自己养父养母的两篇散文，将自己的身世撕开示人，却原来，他自小孤苦伶仃，命途坎坷。生父于他出生前过世，家人忌讳，将他卖给一菲律宾侨眷，后养父又在菲律宾娶了菲籍女子，他与养母相依为命，先是在福建乡下，十岁时辗转到了香港，生活于贫困中。在高楼林立的香港，他和养母的小小房间，连一扇窗户都没有，只能放下一个衣柜和一张双人床。历尽艰辛，困苦成为他奋斗、成长的催化剂，很早就树立了文学的志向。他进了报社，从见习校对、见习记者、助理编辑、画报撰稿人而至今，他以超常的韧性，"至柔而有骨，执着能穿石"（刘国玉先生语），一步一步，成长为枝繁叶茂、青翠葱茏的文学大树。

与金庸先生的不解之缘

依稀记得，上世纪90年代中的一个秋天，得以到香港组稿，我很珍惜这个机会，先是到香港作家联会、"香港文学"拜访，有幸拜会了曾敏之、刘以鬯先生；又到了位居柴湾的明报出版社拜访，有幸受到潘先生的亲自接待，结识了我文学生涯中的这位"贵人"。

一年后，应邀出席香港作家联会一个庆典，我又见到了潘先生。潘先生约我第二天早在宾馆餐厅一起早餐。早八时，潘先生准时出现于餐厅。他穿着一件蓝色的立领中山装，显得十分优雅和干练。就像他为《明报月刊》撰写的刊首语，没有絮语寒暄，坐下后，没说两句话，他就对我说：当年，金庸先生起用了我，如果我是老板，现在我也会任命你为总经理。我很惊讶，我不知道我是否有这个潜能，起码，我的学养、我的才华、我的位置与其遥不可及，我明白的是知遇之恩当涌泉相报。二十多年过去了，这场景，我至今记忆犹新。

2011年，我在香港中文大学学术研讨会场得到一本《明报月刊》创刊四十五周年纪念册，上面有潘先生写金庸的文章，讲述了他和金庸先生亦师亦友的情谊。从金庸邀见，到接手《明报月刊》，娓娓述说中，足见金庸先生的慧眼、博识、睿智和宽阔的胸襟。我很感动，正巧汪曾祺母校举办汪曾祺杯"我的老师"全球华文散文大赛，我约他以此为基础改写一篇写老师的散文，博得大赛评委会高度赞赏，获得了大赛的特别奖。

我是个办刊人，从事刊物编辑三十年，从心底里敬佩的编辑家为数不多，潘先生算一位。2005年，我所主持的《散文海外版》杂志与澳门基金会合办"我心中的澳门"全球华文散文大赛，大赛连续举办了六届，仰慕潘先生在世界华文文学中的地位，我们几次邀请他出任高级评委和颁奖嘉宾。

2015年，潘先生发起了"我与金庸"全球华文散文大赛，盛况空前，在文化界引起很大反响。

2018年10月30日，金庸先生辞世，宣告了"大侠时代"的终结。可金庸先生交至潘先生手中的《明报月刊》还在办，潘先生努力办得更精彩。潘先生带领他的团队精心策划组织，在短短一个多月的时间，于年末，推出了厚厚的纪念专刊。其可谓精英荟萃，群星闪烁，夺目耀眼。

扉页为韩美林先生精心设计的"怀念金庸"藏书票,这是潘先生嘱我烦请艺术大师韩美林设计的,美林先生设计了好几个底稿,没有收取一分钱;而后是金庸先生为《明报月刊》创刊三十三周年题词;丹斯里拿督张晓卿爵士挽联;潘先生撰卷首语《我与金庸的故事》;各界文化名流怀念金大侠文章四十二篇;随书奉送《神雕侠侣交响乐》DVD⋯⋯标价四十八港币,据说市场炒到一百多元,甚至更高,一版而再版,有黑皮版、白皮版,最后是红皮版。当年金大侠"拼了命"办《明报月刊》,现今潘先生和他的团队"拼了命"编制"金庸纪念专号",使《明报月刊》再创辉煌,相信金大侠九泉有知,也会为他多年前选择了潘先生感到欣慰。正像金庸先生题赠他"明报共事十几年,耀明两字不虚言","万事不如书在手,一生常见月当头"。这是金庸先生对他的最高嘉奖。

金庸先生伯乐相马,慧眼识珠,擢拔潘先生,委以重任,是潘先生之幸;潘先生不负厚望,将"明月"视为自己终生的使命,将自己的才华和生命奉献给"明月",将"大侠"精神发扬光大,这也是金庸先生之幸。

胸中有大道

早在 2005 年,潘先生就敏感地预料旅游文学会成为热点,在香港特别行政区政府注册,成立了世界华文旅游文学学会,并成功举办了第一届世界华文旅游文学征文奖,邀请著名作家金庸、白先勇、王蒙、余光中、余秋雨等人出任顾问或评委；2009 年，潘先生邀请我所在的百花文艺出版社和《散文海外版》杂志联合举办了"我心中的香港"全球华文散文大赛，大赛的启动仪式和颁奖礼是在香港领汇管理集团公司属下的商场举办的。在香港这个多元化国际大都会的购物中心，我们有幸伴着余秋雨、曾敏之等著名学者、作家，面对着众多的香港市民、购物游客，兴致勃勃地进行了开放式的、跨领域的文学交流。广邀海内外大众书写对香港的感受，无疑是对香港进行一次集体回忆和审视，可以称为香港的盛事，也是华文文学的盛事。可惜，因为经济原因，这项活动未能延续下去。

潘先生不间断地策划组织文学活动，可以这样说，几乎全世界最为著名的华人学者、作家，都被他邀请到香港访问、讲学，余光中、余秋雨、白先勇、刘再复、莫言、王蒙、铁凝、王安忆、贾平凹、陈思和、赵丽宏、苏童、余华、李欧梵、陈若曦等名家都多次受邀到港。我这样普通的编辑、作家，也受邀出席他组织的文学活动有十余次了，关键是退休之后，依然能受邀参加这高规格的学术活动，对比内地一些人的冷淡，体味世态炎凉，令人唏嘘感叹。而且出席这种学术研讨会，写论文是必须的，每次都要认真读书、思考、写作，促使大家提升自我、跟上潮流。

每次到香港中文大学联合书院参加研讨会，我最喜漫步于中大校园，其依山而建，处处花木扶疏，中西风格建筑掩映其中，近可赏花木，远可观飞鸟，更可细品教学楼内的人文景观。2009年"看山不是山，看水不是水"；2011 年"行走的愉悦"；2013

年"文化生态之旅";2015 年"文学山水";2017 年"一带一路旅居文化";2019 年末,则是细品中国茶文化了……浸身于天造地设的优美自然环境中,与众多海内外知名学者、作家畅谈文学山水,体验感悟人生,一种发自内心的喜悦和幸福的感觉油然而生。

大家还走出书斋,跟着潘先生漫游欣赏大自然的山山水水。2014 年的梅雨时节,大家来到台湾"竹风兰雨"的宜兰,入住礁溪老爷大酒店,研讨文学山水。2015 年冬,大家跻身广东丹霞山风景区,云雾缭绕、云蒸霞蔚中的丹霞胜景,那种红,仿佛青春少女醉眼微醺脸泛桃花;青山叠叠,白云飘飘,碧树丹崖,一望无际,像一幅瑰丽壮美的图画,着实荡人心扉,迷人心魂。2017 年初夏,"一带一路 旅居文化"国际论坛在马来西亚吉隆坡举办。初夏的吉隆坡微风拂面,大家夜观双子座美景;在槟城尽兴游玩,品味老街风情和南洋风味的中华美食。2019 年初春,从深圳集悦城会馆出发,大家来到惠州郁郁葱葱的高尔夫球场,挥杆击球,在自然天成的西子湖畔,观小桥流水,赏木棉花开,寻苏轼文踪,慕朝云倩影;暮春,大家又应韩国外国语大学、济州大学邀请,来到首尔和济州岛,出席了潘耀明文学事业成就研讨会。会议之余,大家参观了一位韩国农夫用树与石头在济州岛荒地搭建的世界最大最美丽的庭院——思索之苑,陶醉于幽静、绮丽、神奇的园林之中……

青山叠叠,绿水悠悠,自然界的花木虫鱼,山山水水的风云变幻,像一幅幅或瑰丽壮美、或恬淡雅致、或动感活泼、或意蕴悠长的山水画作，予人以和谐宁静的艺术享受。

潘先生一贯强调文学社团的纯洁性，摒弃商业化、政治化。他组织的活动，从来不收会费，甚至要担负嘉宾的交通费，在市场经济高度发展、消费水平居于世界前列的香港，为筹办这些活动，潘先生要筹集多少经费、花费多少心血啊！他的挚友贝钧奇先生曾多次慷慨解囊，令大家十分感动。

潘先生为 2019 年香港《文综》杂志春季号所撰刊首语《保持春天的状态》，提出了春天是"首创者，开拓者，是冲破大地的第一声呼唤"；"春天的内涵，是萌动，是繁荣，是青春，是鲜花盛开、百草吐绿的蓬勃朝气"。

潘先生今年七十有三，但我感觉，他自身似乎正处于一种青春状态，他有激情，有创造的力量，他的身上、他的事业有一种青春向上的气息——

初春，潘耀明先生担任会长的世界华文旅游文学学会，有了永久的会所；他所主编的《明报月刊》锐意进取，刚刚出版了金庸纪念专号，又举办查良镛学术文化讲座；3 月 19 日，他带领他的年轻团队对白先勇先生访谈，3 月 22 日，组织白先勇、姚炜女士（女主角）对谈"《金大班的最后一夜》从小说到电影"；3 月 26 日，香港作联聚会；3 月 28 日，访谈倪匡先生；5 月中旬，又受邀赴京出席了亚洲文明对话大会……真是精彩纷呈、好戏不断。

潘先生近两年创作了《亭亭的文学大树》《我与养母》《我

与养父》《我与查先生的故事》《我的报纸生涯》等，都是厚重而深刻的散文力作，分别为《新华文摘》《散文选刊》等名刊选载，他的刊首语也越写越精彩，越写越耐读……一边繁忙的工作，一边接连不断的创作，就是年轻人，也很难有这么旺盛的精力。

在潘先生组织的各种活动中，经常可见一些年轻人。其中最忙碌的当属高级助理洁明，还有小于、小傅、小罗等等，他们各有所长，或擅创作，或擅经营，或擅主持，他们有的当司仪，有的管网络，有《明报月刊》编辑，有大学助教，也有大学的博士生、硕士生，而且才貌双全。单凭酬金，在香港，是很难留住这些才子才女的，潘先生慧眼识人，给他们搭建发挥才干的平台，给他们提供广泛接触名流、拓宽视野、发展自我的机会，又凭靠灵活的机制，组建了一支年轻而富有活力的团队，使他组织的活动和事业显得蓬蓬勃勃、富有朝气和活力。

谁能料到，2020 年的春天竟是血雨腥风，一场旷世疫情席卷大地！此际，我看到了潘先生给挚友的微信："尹医生，趁疫情外出不多，可以趁机阅读自己喜欢的书。这期间，我重读了金庸十五部小说、《白先勇评说红楼梦》、一百二十回《红楼梦》，目前正重读《儒林外史》。我自戏谑：逃进（小）书房成一统，不假天南地北——亦人生一乐也！"

不足百字的微信，令我好生感动！面对如此疫情，进入古稀之年的潘先生没有消沉，始终坚守职场，他主编的《明报月刊》《明月》《香港作家》《文综》等刊一期一期正常出版，推出了很多世界华人名家有着深刻生命体验的抗疫力作。在逆境中，他依然故我，读书写作，顽强进取，实现着他华文文学事业的宏图大志……

写于 2019 年春，改于 2020 年夏

善良也是福

　　第一次见到武警小邢，是在同事艳华的办公室。小伙子浓眉大眼，身板笔直，显得十分英俊。

　　那年夏季的一个雨天，艳华带着儿子去观看足球联赛。两个人只有一张票，守门的战士说什么也不肯放他俩进门。大雨夹带着狂风一个劲儿地下着，母子俩共用着一把伞，谁也离不开谁，可儿子说什么也要看球。怎么办呢？交涉中，领队的排长小邢出现了。他问清了情况，看着共用着一把伞遮雨的母子，略加思索，便让战士破例放他们母子进场。其实，暴雨中观球，观众稀稀拉拉的，但艳华非常感谢素不相识的小邢，散场后，约小邢到出版社玩。

　　那时，刚刚从军事院校毕业的小邢正在连队实习。小邢对普通人的善良心给我留下了良好的印象。经我和艳华搭桥，小邢和画家"虎王"的女儿小月相识、相知、相爱而步入了婚姻的殿堂。婚典相当隆重，各界名流荟萃，一颗善心引出了一段美好的姻缘。

著名艺术家韩美林，他也是一位退伍的战士，是 2007 年三军和武警部队军装设计的总顾问。他素来爱憎分明，经常开着大篷车下乡扶贫，抢救民间艺术，在贫困地区建立希望小学。那年，我编辑他倾三十四年心血搜集、花五年时间撰写的《天书》，曾经代他约全国著名古文字专家李学勤教授作序，序言阐述了对中国和世界语言文字的真知灼见，深得美林先生敬重。他多次称赞李学勤教授的学问，对李教授倾注了满腔热情——先是让我给其送上他亲手制作的紫砂壶和画册，继之让助手送上八尺宣纸画作，前不久又送上他的雕塑"金鸡"，以表示他的心意……美林先生历来如此，只要他敬重谁，就把一片爱心捧给谁，重情重义，慷慨大气。

可美林先生对恶人、对贪官却毫不留情。有一年他去广东一个贫困县，县官们为了表示对大艺术家的热情，以图索取回报，招待他们的那顿饭里有金雕、山瑞、猫头鹰、山龟、野兔、珍珠鸡，热气蒸腾的锅里有一只大秃鹫的脑袋翻来覆去地滚动着……一向珍爱生命、珍爱自然生灵的艺术家气坏了，直想掀桌子，夫人抓住他的手不放。他扭身出来，站在用扶贫款建造的"土皇宫"院子里运气。出来个"一把手"不知趣地问他吃得怎么样，他恶鼻子恶眼地骂了他一句："我×你妈！"拂袖而去。

敢爱敢恨，是美林先生独特的性格和特立独行的精神，这赋予了他精神的魅力，我觉得，作为一个战士，尤其是武警战士，更应该敢爱敢恨，懂爱懂恨，惩恶扬善，伸张正义。当初我之所以敢将朋友的女儿介绍给小邢，看重的就是他对普通民众的同情心和善良心。所幸没有选错人，经历了人生的起起落落、坎坎坷坷，朋友一家真正接受了小邢，视同亲生儿女。

有这么一个故事：在一个初春的夜晚，一对老夫妻来到了一家旅店，旅店早已客满了，夜深了，前台不忍让他们离去，就把他们带进一个房间，对他们说：这个房间可能不是最好的，但至少你们不用再奔波了。老夫妻看到整洁的房间，就住了下来。第二天早晨他们要结账的时候，前台说：不用了，那是我自己住的房间。前台在酒店的大厅睡了一晚。老夫妻很感动，对他说：你是一个最好的酒店经营人，我们会报答你的。前台笑了笑，把他们送出了酒店。过了不久，前台接到一封信和一张去纽约的单程机票，按照指示的地址，他来到了一座金碧辉煌的大酒店，原来他那天接待的是一个亿万富翁和他的妻子，他们为他买下了这整座酒店。这就是希尔顿大酒店首任经理的传奇故事。善良得到了丰硕的回报。

武汉作家胡发云夫妇，他俩没有儿女，一直救助小动物，在猫啊，狗啊，松鼠啊，乌龟啊，这些小动物身上倾注了他们的爱心。每每在街头遇见流浪的猫，尤其是有残疾的猫，他们就会收养。一年，在一个笔会上，胡发云突然心脏病发作，不省人事，这期间，他经历了三番两次的濒死体验。在他的体验中，死亡并非那么阴森恐怖，而是盛开着鲜花、飘忽着白云的绿草地。他在散文《邂逅死亡》中，以自己的亲身经历，绘声绘色地描述了神秘离奇而又美妙无比的濒死体验，给人以灵魂的震撼与启示。看到作者对弱小生命的细心照料和广博的爱心，我们就会理解，如果真有天堂和地狱，对自然万物充满爱心的人，死后应该能够升入天堂，而不应坠入地狱，死亡也就不再是可怕的事情了。

大千世界，芸芸众生，上苍悬着一把道德和正义之剑。尊重、理解和帮助他人，善待生命，播下的是善缘，结出的是生命的硕果，"存温柔的心，领受所栽种的道"；惩恶扬善，伸张正义，符合天道、地道和民心，大道之行，不亦悦乎！

别样的风景

独特的松山灯塔

一座城市，一个单位，乃至一个人，都有一种面部表情、一种光泽。第一次到澳门，我就感到澳门的空气是如此清爽，人和景十分明晰光洁；澳门的风是那么温润，人的面庞充溢着温润平和的光泽。温润平和的光泽——这是澳门留在我心间的深深的印记；每当想起东西方文化交融养育出来的优雅而和美的澳门，就有一种温润的光泽涌上心头。

因为举办李翔画展，要在心仪的澳门过元宵佳节，我早就翘首以盼。这天，我们从横琴岛过关，进入澳门已经是午间了，匆匆吃过午餐，放下行装，李翔就要带着助手们写生去。他要去画澳门的著名风景松山灯塔。灯塔所在的松山原名东望洋山，海拔九十三米，是澳门半岛的最高山岗，为澳门地理坐标。灯塔、炮台和教堂，构成松山三古迹，于此远眺，澳门全景及珠江口的风貌景色尽收眼底，可领略古今沧桑世代变迁。

来到望洋山，面对松山灯塔，李翔上上下下，左看右看，好久才选定写生的位置。他坐在了一块大石头上，石头边草丛下面就是山涧，一般人站在石头边会觉得头都发晕，李翔却毫无顾忌，稳坐在大石头上，淡定地画了起来。这一画就是两个多小时，太阳已经快要落山了，才初步创作完成了写生画《灯塔》。

晚餐后，澳门基金会主席吴博士看到这幅《灯塔》，对绘画很有研究、颇具鉴赏眼力的吴博士一怔，他认真观看着，"第一次看到有人从这个角度画灯塔"。

27日傍晚画展剪彩前，两位刚刚放学的女学生赶来参观画展，她俩在展馆认真观看了一圈，最后，又回到了《灯塔》前，一边观看，一边指指点点，小声交谈。见此情景，我走过去询问她俩对此画的看法。一个女生说：这画是怎么布局、怎么选景的？我把她俩带到李翔面前，瘦一点的女生指着《灯塔》问道：这灯塔是怎么画的？我们也画过，可从来没有画出这样的画面。李翔耐心地给她们讲解着，指导她们怎样画灯塔，讲了好长时间，直到画展剪彩仪式开始。

其实我也曾拍过此景，只能拍出并列的灯塔与教堂，显不出景深和层次；从网上，我查看了许多幅图片，都是从正面仰拍的，所有照片中教堂与灯塔是平面的，由于地域窄小，拍不进其他景致；唯有李翔的《灯塔》由蜿蜒的石路、斑驳的砖墙，把人的目光引向了绿树掩映中耸立的白色的灯塔，以及景深处黄白相间的教堂。对李翔独特的发现和创造，我不由得发出由衷的赞叹。

植根于广袤大地

艺术的商业化、市场化，使一些艺术家失却了精神的坐标，真正肯于用心用力写生的画家越来越少，走马观花替代了精雕细刻的写生；面对照片替代了对大自然真实景物的描绘，作为真正的艺术家，李翔有别于世俗。

李翔身兼数职，工作繁忙。为捕捉粗朴新鲜的大自然生气，为葆有大自然蓬勃丰富的具象，每逢年节假期，他大多远离京城，带着学生或家人到偏远山区去写生。前年十一长假，他携妻带女到云南偏远山区写生，租住在乡村车马店中，蚊叮虫咬，一家三口满身瘢痕累累。去年年底，他带领全军美术家写生团到云南写生，为时二十五天，行一万三千多公里路，途经十余县市，沿途创作国画、油画作品八百余幅。这些年来，他三进西藏，四赴新疆，五走青海，祖国乃至世界的许许多多山川大漠，都留下了他的足迹。

澳门画展二十天，李翔只住了六晚，这期间筹办画展、会见各方代表朋友、接受记者访谈、和观众现场交流等等，忙得团团转，忙乱中，他竟然能抽出时间写生。抵达澳门后的第二天中午，朋友们摆好了丰盛的酒宴，他婉言推辞，就在一个名气很大的饭店门前，一边写生，一边吃着盒饭。几天下来，他创作完成了三幅写生画作。

很多人知道，李翔写生，常常是为助手们备好面包香肠、榨菜方便面等食品，自己却吃家乡的煎饼卷大葱，就像他对家乡、对父老乡亲的感情，这习惯几十年不变。为此，李翔的好友、澳门画院院长孙蒋涛先生专门为他备好了山东煎饼。"煎饼"、故乡、皇天后土，是他灵感的源泉，我相信，"顽固"地吃着家乡煎饼的画家，立定心志后，绝不会轻易改变，他会一直坚守着对家乡故土、对自然万物的深深爱恋，会将胸中盈荡着的浓浓情韵，化作笔下心灵与自然交融、充溢着山水人文之魂的画卷。

情系普通民众

李翔的童年，感受过民风淳朴的沂蒙山人的仁厚与善良，常年浸润于辽阔苍茫的大自然，浸润于中华传统文化艺术氛围中。即便身居京城，位居高处，功名双至，但对父老乡亲、对普通民众和战士，永远秉持着谦恭和敬畏之情。

作为军旅画家，李翔应邀为驻澳部队大厅作画，这是不可推卸的义务。我一直以为，在驻澳部队当兵，生活肯定比在一般城镇、边防优裕，这次真正接触到驻澳部队官兵，才知道他们的生活、工作十分单调，铁的纪律的束缚，对于处于青春期的战士们是一种磨砺。我们进了军营，看到几辆装甲车围着也就两个篮球场大的操场进行绕桩训练，这个不大的营房还是刚刚搬迁过来的。过去的营房没有院子，每天的训练，战士们只能在楼梯上跑上跑下，面对面只能侧身通过；尽管"一个中国"，但"一国两制"，战士们平时不能走出军营，只有转业、复员时，放假一天，可以换上便衣到街市上转转。负责接待我们的干事张飞，小伙子人如其名，英俊剽悍，孔武有力，大学本科毕业，年已三十，因为没有与外人接触、交往的机会，至今还没有女朋友。听到这些，大家都很感动，都想为战士们做点什么。书画家们纷纷写书作画。

就像名中医的父亲为乡亲们看病一样，李翔对所有接触到的官兵，也是有求必应，上自司令政委，下到司机、炊事员，每人现场挥笔赠书法一幅，司机还为不能到场的战友多求了一幅墨宝。

事后，我问李翔：有人花钱送礼也求不到你的书法，为什么送给战士这么慷慨？李翔淡然一笑：那当然，我到部队是服务的。

好一个"服务"！身为总政文艺局官员，李翔负责组织全军的艺术创作，到下面部队都代表着上级机关，可他从不以官职压人、以名气自傲。如今，一些人习惯于仰视权力、仰视金钱，可李翔发自内心仰视的、尊敬的是战友和普通民众。他曾率军旅画家到南沙南海第一哨，为守卫岛礁的战士们画像，赠送战士们书画作品。到云南边防写生，也为哨卡战士留下墨宝。他拒绝过大款，拒绝过形形色色的人，但他绝不拒绝用青春、用生命为祖国、为和平守卫边关的战友，这是李翔的艺术良知，这是他生命的底色！

我反复翻阅着李翔的画册，豁然发现，李翔的所有照片和所有画作的眼睛都与众不同。眼睛是心灵的窗口。他自己所有照片的眼睛，无论睁着、虚眯着，都有一种光亮，似乎都在善意地观察着世界、人生，捕捉着大千世界、山川景色、人生百态的点点滴滴，这已成为李翔的"范儿"。而他笔下人物的眼睛，有虔诚的，有聪慧的，有与命运抗争的，更有充满了理想与追求之光的……我豁然憬悟：艺术家，尤其是杰出的艺术家，肯定会有一双独特的发现美的眼睛。李翔就是用一双慧眼观察着自然万物与人生，他用笔墨淡彩勾画出温润的山川景色，勾画出一个个有血有肉有灵魂的生命。从大山走来的艺术家李翔，艺术与精神遨游于云端，心却与大地贴得很近……

第 三 辑

温润的光泽

一座城市，一个单位，一个人，都有一种面部表情、一种光泽。从澳门留影的第一帧照片，我就感到澳门的空气是那般清澈，人和景是那般明晰光洁；澳门的风是那么清爽温润，澳门人脸上那温润平和的光泽是澳门留给我的名片；每当想起东西方文化交融养育出来的优雅、丰盈、和美而祥和的澳门，就有一种温润的光泽涌上我的心头。这就是"我心中的澳门"。

第一次到澳门是在上世纪 80 年代末，住在位于海边的一座幽静的宾馆。每天清晨，西餐厅里人很少，面对着大海，伴着轻音乐，我常常一个人用餐，一天的初始竟是那么安谧、那么祥和，真是一种纯美的享受。自此，澳门这座小城在我心中埋下了爱的种子。

澳门回归后，因组织"我心中的澳门"全球华文散文大赛，我不断地来澳门，一点一滴，澳门人、澳门这座小城在我心中烙上了深深的印记。

那是一个秋天的晚上，澳门基金会吴志良博士带我们来到位于新口岸的一间小咖啡店，一个留着齐肩短发的姑娘，低声照顾着好几桌客人，轻盈而麻利，时而国语，时而英语，时而葡语，态度温和又不卑不亢，没有商场上做作的热情，娇美的面容上有一种温润而柔和的光泽。据说她不久前刚从英国留学归来，自己创业开了这家咖啡店。我们围坐在露天咖啡桌周边聊着天，品咖啡，品美景，也品味享受着秀美的姑娘优雅的服务，海风习习，清爽温煦，湛蓝色天空中繁星在愉快地眨着眼睛……

还是一个晚上，漫步于街市，微风拂面，温润宜人。走着走着，来到整洁、幽静的一条小巷，澳门文友说这是律师巷，里面住户大多是律师。一幢幢青瓦红砖的小楼引人驻足，我们不禁走进巷子拍照，果真，在好几户人家门旁挂着一个牌子，上面写着"某某大律师"。在巷子最里面，发现了一群"社会猫"，酷爱猫的我蹲下来叫着它们。猫们警觉地看着我们，并没有惊慌奔跑，这时，一座挂着"大律师"牌子小楼的院门开了，一对葡人夫妇将两个小盘放在地上，里面是搅拌好的食物。猫们一拥而上，欢快地吃起来，老夫妻俩愉快地看着吃食的猫，脸上充溢着温润平和的光泽。这场景，带给我好温馨的感觉，以至每次去澳门，我都要去那律师巷看看，惜之再也没有见到过那般场景。

2011 年随一个剧组来澳门，杨导游带队，从基督教墓地，到大三巴，到郑家大屋，到孙中山故居，如数家珍地介绍着澳门，如醉如痴；剧组演出的第二天，他拿来一份报纸，上面赫然有他署名的报道，同时给我一张他的某报纸记者名片。"导游兼记者？"我惊异而充满敬意地看着他，他的脸上浮现出温润而自豪的笑容。据说，他经常带队去欧洲，可以用多种语言讲解欧洲各地艺术与文化。一位权威报社的副刊主编曾经很是犹豫是否参加我们的澳门笔会，随杨导一路走来，兴致勃勃，深情地创作了《到澳门，给灵魂放个假》。几年后，当他因抑郁症离世时，我重读了他那篇散文，感慨万端。

今年夏季，应《艺文》杂志主编阿平之邀到澳门采风，杂志做事之细致之用心，很是令人感动。在精心制作的布袋里，除了采风安排、最新一期《艺文》杂志、邢荣发博士的《澳门历史二十讲》外，还有一柄晴雨两用伞、用粉色丝带系着的纸扇和手帕，让人感觉到贴心和温暖。为了让大家充分感受"人文澳门"，特别聘请了金牌导游丁放先生，据说很多重要人士到澳门都是丁导带队讲解。

丁导白白净净，身穿旅行社绿色的 T 恤，瘦削而精干。甫上车，丁导介绍了自己后，很快引用季羡林先生的话："在中国五千多年的历史上，文化交流有过几次高潮。最后一次，也是最重要的一次，是西方文化的传入。这一次传入的起点，从时间上来说，是明末清初；从地域上来说，就是澳门。"这一开场白，使一车人都沉寂了下来。七月的澳门，骄阳似火，热浪扑面，丁导带着大家漫步穿梭于澳门的大街小巷、历史街区中，其中有古老的教堂和修道院，有古老的寺庙和道观，有著名的基督教坟场、白鸽巢公园，它们交融在一起，就连著名的澳门观音像也是集佛教传统文化与欧洲雕塑风格融合于一体的……丁导如数家珍地讲解着，恨不能把澳门悠久的历史和遗珍全部介绍给大家。在白鸽巢公园半山葡萄牙大诗人贾梅士塑像前，丁导讲了好久，担心大家累了，又带队走到围墙前和座椅处，让大家坐在阴凉处，自己站着接着讲述。从小山下来时，我注意到丁导白皙的脸上浮现着大颗大颗的汗珠。几天间，每到一处，丁导手中都拿着不同的活页册子，里面是自己精心准备的每个景点的大幅照片，为了每一场讲解，他要做不同的功课。据说，类似的册子，他有几十本。上大学前，我在工厂学过徒，养成一个习惯，特别敬重业务精湛、技术过硬的人。杨导的敬业和认真做事的态度，引发了我对他发自内心的敬重，他已经五十八岁了，因为喜爱这职业，所以一直做导游，细细地观察他，总觉得他也就四十多岁，风吹日晒的导游生活，在他的脸上没有留下印痕，他的肤色白里透红，闪烁着一种柔和的笑容和自信的光彩。

在澳门接触到的这两位导游，从他们身上，一点也感觉不到世俗的商业气息，提也没有提过进商场、进赌场；从他们身上焕发出的是对关注澳门城市历史文化人士的亲切感，焕发出的是对澳门、对自己职业的自信。可能这也是职业自信、文化自信吧。

随着丁导，又一次来到基督教坟场，已经很多人站在马礼逊牧师墓前。这位第一个将基督教传入中国、第一个翻译新约《圣经》的牧师，他与原配夫人、长子的遗体埋葬于此。记得一位作家曾经写过，一个清晨，当他们来到基督教坟场时，看到一个戴着眼镜的女工正蘸着清水、用力地擦洗着墓碑，他不禁发问：在雨水很多的澳门，用得着这么用力吗？而 2019 年夏，我们在墓园中也看到一个女工，正在认真地用割草机清整草地，空气中飘散着青草的芳香，有了她们的辛勤劳作，这里不是萋萋芳草，而是整洁的草坪、清洁的墓园。

闻听澳门日报社陆社长邀请大家晚宴，我暗自欣喜，又可以见到大名鼎鼎的"御厨"，又可以品尝九鱼舫的葡国大餐了。去年，有幸随香港作联主席潘耀明先生一起做客澳门日报社，品尝过葡国美食。九鱼舫是利用报社旧楼改造成的葡国餐厅，餐厅的总经理兼行政主厨卢子成先生担任过旧日三任澳葡总督的大厨。据说今年澳葡末代总督韦奇立来澳门，还请卢大厨等曾经为他服务过的人员一起聚餐。穿着洁白厨师衣、头顶高高白色厨师帽的卢大厨来到餐厅，干净利落，和蔼可亲。大家纷纷与他合影，他总是报以自信而谦和的微笑。这种笑，令人心生敬意，尤其是你品尝了他的精湛的厨艺后，更增添了对他的尊敬。墨鱼汁黑面包蘸浓浓的意大利橄榄油黑醋汁，很是开胃；用绿莹莹的包菜叶托着金黄色的芝士焗大虾，旁边配着一切两半的紫心无花果，美艳诱人；香煎银鳕鱼香嫩松软，外焦里嫩，上面撒着黑松露末，可谓极品；有五六分熟的法式烤羊排，腌制入味，汁水饱满，肉质鲜嫩，入口即化，再饮上一口葡萄牙红酒；最后一道木糠布丁，微甜而不腻，微凉而可口，大餐之后吃一道冷冻甜品，臻至完美之境。

城市的富庶、社会的安定、精致的生活、厨师的高超技艺和精益求精的精神，已经使澳门成为美食之都。在澳门几日，也缘于主人的精心安排，我们每顿正餐都能吃到可口的饭菜，每天都能吃到特色独具的上品美食。

7月2日，我们行走于澳门的历史街区，走到大三巴牌坊后面狭窄且高高低低的小街，突然下起雨来，丁导引领着我们冒雨在小巷间穿梭，尽管有伞，也要不时地在屋檐下、店铺中避雨。走着走着，发现有一家整洁的中药铺，横匾为：同善堂药局。"同善堂"，好亲切的名字，走进药局，只觉得与街面上常常看到的药房不同，一水的中药药材，不要说西药，就连中成药也一概没有。现今，为了经济效益，常常很小的药店，也是麻雀虽小五脏俱全，各种中西药、养生品、卫生保健品像杂货铺拥挤摆放在一起。如此纯粹的中草药药店，在内地、在港澳台，我是没有见到过。药局的草药摆放得整齐有致，什么党参、三七、枸杞、铁皮石斛一小袋一小袋地摆在橱柜、展台中。购买入口的食品，我有一种敏感，一看这药房的阵势，这么清纯、精致，就觉得这药品可信，质量会有保证。药局对面，是同善堂诊所，一眼看去，"同心济世，善气迎人"对联映入眼帘。药店人员诚意地介绍说，到诊所看病开了药方，可以到这药店免费取药，看病也是免费的，只是不能预约，要排队等候。免费看病、免费取药，听起来真感到有些讶异，可这就在眼前，旁边还有免费的同善堂学校，从小学一直到高中，是实实在在的"慈善"教育。学校校长是北京人，来澳门已经二十多年了，年轻时很是喜欢读文学书，很喜欢蒋子龙先生的小说，当我们进去时，他正在向我们的"团长"

蒋子龙先生热情地介绍学校，邀请他有机会到学校作讲座，脸上绽放着热情欢快的笑容。

今年，澳门回归二十年了，澳门的财政收入由回归之初累计只有二十多亿澳门元，到今年累计五千多亿澳门元，澳门的发展是飞速的。澳门的游客多了，参加各种展会的人士多了，澳门的大街小巷常常人来人往拥满了人流。澳门人更加富有了，可真正的澳门人并没有财大气粗，依然是那么平和、那么低调、那么诚恳待人、那么认真做事。与澳门基金会主席吴博士聚餐时，他谈到了 2009 年，当时澳门政府的财政盈余是一百亿澳门元，拿出了五十亿援赠汶川重建，相当于捐赠了整个澳门政府一半的财政盈余，澳门基金会还另外捐赠了五亿澳门元。多年来，每当内地哪个地区遇到灾难，澳门人民总是伸出援助之手，对新疆、西藏、青海等边疆地区，澳门政府总是一次一次地帮扶……

过去到澳门，临走时，免不了去趟赌场，近几年，偶有空闲，我总是更喜欢去博物馆。富裕的澳门，将金钱更多地投在了教育、文化和艺术上，建造和修缮了多所展览馆，各种高层次甚至是顶级的艺术展览、音乐会、文艺演出接连不断，精彩纷呈。近几年，我在澳门艺术博物馆、澳门回归贺礼陈列馆看过故宫珍宝展、故宫藏海派绘画精品展、北京画院藏齐白石画展、俄罗斯国立特列季亚科夫画廊精品展；今年夏季，又在澳门博物馆观看了"丝路古忆"宁夏文物特展……就在我们到澳门之前，澳门艺术博物馆还举办了大英博物馆精品展，真是令人向往……而且澳门城市不大，去哪里都很方便，人口也不多，在展馆里可以静静地欣赏、品味，陶醉于艺术之中。

难怪，"非诚勿扰"舞台上澳门姑娘骆琦，因为她的美貌，她的优雅，她的家世，她的多才多艺的素养，她的中西文化交融所焕发出来的高贵魅力，光彩夺人，成为众多"白马王子"的"心动女生"。其实，我所在的城市天津，也有很多中西文化交融的元素，比如建筑，天津的五大道小洋楼，足以和成功申报世界文化遗产的澳门历史街区相媲美；现今的干部俱乐部即原英国马会，政协俱乐部即始建于1907年的德国俱乐部，都足以媲美澳门的海军俱乐部。可是还真没有见到过骆琦这种气质的姑娘。她的面庞上，也闪烁着一种温润的光泽，这种光泽，令人心仪，令人陶醉……

细细想来，我曾经在许许多多澳门人脸上看到过一种光泽，这种光泽所折射出的，是心灵中的爱，是心灵中对人生对世界的美好的追求。

一座城市，一个单位，一个人，都有一种面部表情、一种光泽。从澳门留影的第一帧照片，我就感到澳门的空气是那般清澈，人和景是那般明晰光洁；澳门的风是那么清爽温润，澳门人脸上那温润平和的光泽是澳门留给我的名片；每当想起东西方文化交融养育出来的优雅、丰盈、和美而祥和的澳门，就有一种温润的光泽涌上我的心头。这就是"我心中的澳门"。

到澳门，看博物馆

  自上世纪90年代到澳门，三十年间，一次一次地去，几乎年年去，已经记不清去澳门的确切的次数了，算起来，平均一年一次总是有了，加在一起，至少也有三十次之多了。

  以往办完正事，贪玩的我，临走前，免不了去趟赌场试试手气，进入新世纪，我喜欢上澳门的博物馆，偶有空闲，总是去博物馆走走看看，常常收获满满。回归后的澳门，日益富裕起来，政府将金钱更多地投在了教育、文化和艺术上，建造和修缮了多所展览馆，各种高层次甚至是顶级的艺术展览、音乐会、文艺演出接连不断，精彩纷呈。用澳门文化局局长穆欣欣的话讲：这"体现了人类对诗意栖居美好愿望的努力达成。"

  记得2004年底，参加澳门回归五周年纪念活动，澳门基金会吴志良博士馈赠我一套两本八大、石涛艺术画册《至人历法》。画册是为那年9月初在澳门艺术馆举办的八大、石涛书画精品展特意出版的，收有北京故宫博物院、上海博物馆馆藏八大、石涛书画精品一百二十件。八大、石涛是光芒四射、超越时空的艺术大师，澳门有幸，承办了中国书画展览史上一次最大规模的八大、石涛作品展览。跨越几百年，两位艺术大师尽享"至人"待遇，在澳门艺术馆一展就是四个月，而画册内容之丰厚，设计之精美，印制之考究，令人爱不释手。我赠送给有"古今一虎"之称的冯大中先生一套《至人历法》，不久，便发现他临摹起八大的画作，在这以后他的绘画中，常常可以见到竹石，我藏有他一帧竹石佳作，还有一柄他画的竹石图扇子，其显露出"廉、淡、舒、静"的画风，很是令人喜爱。后来我去过他位于本溪的个人艺术馆，书架上摆放有很多画册，而八大的那本画册，就置于他的画案上，想来他会经常翻阅，可见澳门这次画展和画册对画家创作的影响。这也证明了澳门艺术馆展览的高尚艺术品位。由此，我特别关注起澳门艺术馆的展览。

自 2004 年举办的这场空前的展览，澳门艺术博物馆与故宫博物院建立起密切的合作，每年都会举办故宫馆藏精品展，展期四个月，至今已经整整二十年了。我有幸在澳门艺术博物馆观览过九九归一故宫馆藏珍宝展、故宫建院八十周年清宫仿古文物精品展、故宫馆藏海派画家精品展。2014 年春，在这里，我幸遇并观览了北京画院院藏齐白石书画展，"白石造化"带给我美好、真纯的艺术享受。

一般人去故宫，光在主要殿堂走走看看就要一天，根本无暇细看；人来人往，熙熙攘攘，偶然摆放几件供游客观赏的艺术品，人头攒动，根本靠不近前，只能远远看看。而在澳门艺术馆，展览馆里人不多，可观可赏，可拍可照，也可坐在休息区椅子上小憩，静静地欣赏、寻味艺术作品的精髓……

澳门艺术博物馆举办过南京博物馆馆藏精品展、董其昌书画精品展、张大千书画精品展、中国美术馆典藏大师作品展……其展览规格之高，在省市级博物馆，可以说是"首屈一指"；其流动性，也超过国家级博物馆。看到澳门艺术博物馆的艺术层次这么高，我也曾请教过吴博士，是否有当今内地的书画大家到澳门艺术博物馆举办展览。吴博士十分肯定地说，澳门艺术博物馆规格相当高，澳门以外，除了举办过饶宗颐先生个人书画艺术展，至今没有举办过其他华人艺术家的个人艺术展。就是特首推荐画家参展，也须经过专家进行学术评审。澳门艺术博物馆严谨的学术、艺术规格，可见一斑。

2019 年是澳门回归二十周年庆典之年，各种高规格展览、音乐会、戏剧节、电影展纷至沓来。我有幸几次莅临澳门，除了文学活动，我紧紧盯着各种艺术大展，很想趁机在澳门"过把瘾"。早就听说澳门艺术博物馆还将举办大英博物馆藏意大利文艺复兴素描展，很想观看，可惜未能如愿。

早春，从千里冰封的北国，来到了春意盎然的澳门，和《艺文》杂志总编阿平一起到澳门艺术博物馆，观赏"斯国斯民"俄罗斯国立特列季亚科夫画廊精品展。该画廊是世界上收藏俄罗斯绘画作品最多的艺术博物馆，被誉为"俄罗斯民族意识和国家文化的象征"。展览馆里人员稀少，我俩静静地观览，与布留洛夫、希施金、马科夫斯基等大师级艺术家的原作相遇，与《逃离暴风雨的孩子们》《在伏尔加河畔》《阳光下的松树》，以及列宾、托尔斯泰、普希金的肖像进行近距离的视觉对话，沉浸于充满俄罗斯风情的艺术体验中。文学巨匠托尔斯泰聚精会神凝眸写作的状态和那黄白相间的美髯，烘托出这位文学大师非凡的气度、对灵魂的探索和坚韧不拔的精神力量；身穿燕尾服、依偎于凉台柱廊的普希金，凝神面对着金黄色秋山、秋景和秋雨，给人以无限的联想，谁能想象得出，画家画的是普希金最后一次来此地，这幅《秋雨》，也是画家留给世人的最后一幅画作，画家与诗人的命运出现了意外的巧合，留下了永恒的见证；一生为万树写照、被誉为森林歌手的希施金的《阳光下的松树》中，阳光和松树闪烁着迷人的光彩，带给人生命的悸动；云层聚集，疾风掀动草地，暴风雨将要来临，惊慌的姐姐背起弟弟逃离，《逃离暴风雨的孩子们》以瞬间的大自然景观，展现出人世间的风云变幻……

荷花绽开的夏季，我们又一次来到了坐落于大炮台上的澳门博物馆。此次由馆长亲自为大家讲述澳门几百年来的历史变迁，讲述具有东西方不同文化背景的居民在澳门和平共处的生活。

适逢该馆正举办"丝路古忆——西夏文物特展"，精心挑选出的一百四十八件文物，阐释了西夏文明，部分展品尚属首次在宁夏回族自治区以外地区展示。一进展厅，"丝路古忆"四个西夏方块古字映入眼帘，西夏文字笔画烦冗，形似汉字，显得十分庄重；鎏金铜牛立体的跪卧造型，凸显了铜牛的健硕和美善，其技术水准之高、工艺之精湛，令人赞叹，我围绕着铜牛的玻璃展示柜走了好几圈，从不同角度观看、欣赏这宁夏博物馆的镇馆之宝。20世纪80年代，艺术大家韩美林第一次来到宁夏银川，就被古老神秘的贺兰山岩画深深打动。他动情地说："二十一年前，我第一次来到贺兰山，面对那么多古岩画，突然感觉，我走了半辈子，直到五十多岁才找到艺术的家。"此后，他多次到贺兰山观摩岩画艺术，汲取创作灵感。他将此视为他艺术的转型点。几十年间，他的脚步遍布全国各地，从甲骨、石刻、青铜、壁画、古陶等文物古迹上搜寻、记录了几千个符号、图形、金文和象形文字，有很多是至今没有破译的古汉字，他进行临摹、整理和创造，汇集成《天书》，我有幸成为该书的责任编辑。当我在"丝路古忆"展厅看到刻在石头上的岩画时，自然感到分外激动！我细细地端详着质朴、纯美、浑然天成的图案，尤其是那幅连着手臂的手印岩画，感受着西夏人的才华和智慧。这幅手印岩画，据说全世界只有三幅遗存，居然也得以在澳门一睹芳容！

2019年12月9日，一个阳光明媚的冬日，出席澳门艺文出版社《祥和之城》新书发布会，我和作家谢国有、诗人贾浅浅午后在酒店大堂相遇，正巧有半天自由活动时间，由于我是"老澳门"了，俩人都说"跟你走"，我便提议去澳门艺术博物馆，回归二十周年庆典前夕，澳门艺术博物馆肯定会有精彩的展出……

我们入住的励庭海景酒店，位于著名的风景区澳门渔人码头，环境优美，风光迷人，数十栋风格各异的建筑充满着异国情调，在大海的映衬下更是浪漫如画，散发着浓浓的艺术气息。穿过对面的金莲花广场，便是冼星海大马路，澳门艺术博物馆便坐落于此。

来不及欣赏周围美景，我们径直到了澳门艺术博物馆。遗憾的是，该馆正休馆备展，筹办着一周后的《千里江山图》展览。故宫博物院馆藏的中国十大传世名画之一《千里江山图》，是北宋画家王希孟的传世孤品，是宋代青绿山水的巅峰之作。此展以数码多媒体、互动体验、空间陈设等进行展示，表达对祖国锦绣河山的美好祝愿。

意外收获是，为二十周年庆典，旁边的文化中心正在举办第四届澳门国际电影展，影展期间将展映五十部中外优秀电影。文化中心与艺术馆共用的露天台阶铺着红地毯，大门旁矗立着首映电影的大幅广告牌，工作人员正忙着筹备影展的颁奖典礼。想着我们先明星们踏上红地毯，令我们喜不自禁，漂亮而艺术气十足的诗人浅浅，尽管第一次见面，也不再矜持，踩着红地毯，乐不可支地拍起照来。

我们一一观看着影展广告，得知当晚就有法国大片，我即刻买了三张当晚的电影票，既然赶上了，一定要体验一把观大片而且是首映式的感觉。

距晚餐还有时间，我们到了相邻的回归贺礼陈列馆，在澳门回归二十周年之际，再次观看澳门回归时收到的珍贵的贺礼，感受澳门发展的祥和气象，我们的兴致更浓了。中央人民政府贺礼大型雕塑"盛世莲花"被安放在金莲花广场，这里展示的是金光闪闪的微缩复制品。浅浅来自西安，自然要在陕西的"八极元和"铸铜贴金雕塑前留念；国有来自郑州，在河南的"九龙晷"大型玉雕前拍了照；我则在象征着澳门与天津永结连心的《连年有余》大屏前留了影……这些贺礼具有祖国各地文化特色和最高艺术水准，蕴含着美好的祝福，当属 20 世纪中国艺术品之最。

当晚，沐浴着清风明月，我们三人兴致勃勃地来到文化中心小剧院，踩着红地毯，看着来自法国的明星们一一亮相。即便是国际大牌明星，淡泊、平和的澳门人也没有围拥，显得既热情亲切，又自尊自信，我们也只是近距离观看，没有盲目追星的狂热。简短的开幕式后，大家就沉浸于观看影片的艺术享受中了。

记不得有多久没有在影院观看艺术抒情大片了，也记不得有多久没有享受这纯美、轻松的夜生活了，只感觉心情那么愉悦、欢快，身体也显得那么轻松、通泰。我会永远铭记这阳光明媚、海风习习的午后，铭记这清风明月、温煦动人的夜晚……

羊城拾穗

那年，也是初冬时节，我曾去过一次广州，曾感受过南风的温暖和煦，一下飞机，温暖如春，绿色盈目，令人心神舒畅。然而，当我只身一人驻足在豪华的宾馆和商店前，望着那迷离的色彩和标着兑换券、港币价格的商品，实实在在感到了人的尊严受到了伤害。这以后，每逢人讲广州人自视清高、人情淡薄、只看重金钱，我便也这样想、这样说。倘若不是受人之邀，盛情难却，我真是永远不愿再去那地方。然而，未曾料到的是，这第二次广州之行，竟然有几件事拨动了我的心弦。

别具一格的洽谈方式——早茶

早茶，本是广东人一种传统习俗，亦可说是一种传统餐饮文化。一大早，人们就上了茶馆，冲上一壶酽酽的茶，不停地续着水，从早晨，一直可以喝到中午，或者可以更准确地说，是

168

"泡"到中午。将一天中精力最旺盛的时间用在"泡"茶馆上，简直有些令人"望而生畏"。更令人费解的是，随着时间观念的强化，广州的这种习俗非但未销声敛迹，反而竟随着经济的发展空前地繁荣起来了。不仅新建的宾馆、饭店全都设立了风格迥异的茶厅，就连唯一没有对外开放的迎宾馆，也设立了对外开放的茶厅。我所去过的几个茶厅，宾客川流不息，服务小姐应接不暇。

早茶，顾名思义，就是饮茶早餐，然而，当今广州早茶的真正含义不是饮，也不是吃，而是谈。待到两盅热茶下肚，又吃上几种小吃之后，宾主的精神劲儿便焕发出来了，话匣子自然而然就打开了。或叙友情，或论工作，或谈买卖，这便是当今早茶的真正目的了。往往，待到茶足饭饱之时，一笔买卖、一项交易，或成或不成，也就谈得差不多了。说起来，这真是一项既简便又富有人情味儿的洽谈方式呢。我们在广州的几天里，共喝了三次早茶，分别由三个单位做东道主，达到了三个目的，这茶，确确乎是品出点味道来了……

"打的"——闪光的河流

在广州，我们外出时，经常会有人问：怎么去？马上有人代答：有车，或是"打的"去。什么叫"打的"？"打的"就是"搭的士"的意思。

广州的"的士"非常多，有人说有六千辆，有人说有一万辆，反正稍微热闹一点的街上到处可见川流不息的"的士"，招手即停，开门便上，不用费口舌，不用讲价钱，车上装有计价表，还装有直通车队的电话，一般来说，司机绝不敢诓骗乘客。再加上不要回程费，广州的出租车价竟要比其他城市便宜不少，用起来也方便多了。广州人收入比较高，所以，"打的"已经成为广州人的习惯用语，不仅接待外来的客人经常要"打的"，人们日常生活中有了着急一点的事情，也往往要"打的"，就是有些官员，也免不了要"打的"。

那是一个难忘的夜晚。我们从深圳回广州时，手表的时针指向了"8"，这大约是广州"的士"的又一个高峰期。一出火车站，扑面见到的是宽阔而洁净的场地，不远处有两队人规整地排列在那里，走到前，正师级文官老陈说：等一下吧。他本可以要车，却偏偏要等"的士"。唉，等吧！欣喜的是，一辆辆"的士"相继而来，由前往后，人们逐一登车而去；我们的脚还没站稳，便上了车；而后面，又有一队人井然有序地排起了队。没有吵闹声，没有人出面维持秩序，只听见刹车的"哧哧"声，我愕然无语了。

车在公路上疾驰，一排排碧绿的草丛树木，一栋栋摩天大楼匆匆闪过，情景交融，心旷神怡。车行转弯处，蓦然回首，身后是一溜闪着银光的河流。我的心被强烈地震撼了，"打的"，既幽默，又含蓄，它意味着人们常常提起的广州速度、深圳速度，意味着现代文明，意味着时间、金钱和生命……

总统套间——"官"念的淡化

如今的大城市，都拥有着众多的宾馆，档次最高的，其现代化程度和气派，也会令人瞠目的。但在我的印象中，那些宾馆是以步当车的人不敢进也不能进的，那里是讲究身份的。

广州就不同了，可能是为了招揽生意、扩大影响，无论你地位高低、有无金钱，只要衣着整齐，再高级的宾馆都随你进、随你转。领客人转宾馆，仿佛已成为广州人招待客人的一个时髦的项目。在广州的几天里，文友们带着我将"白天鹅""花园酒店""中国大酒家"等最高档次的宾馆转了个遍。文友带着，我竟然参观了东山宾馆的总统套房。

东山宾馆总统套房里设有总统卧室、夫人卧室、办公室、会客室、琴室，以及两个不同风格、不同色调的卫生间，里面的浴盆是圆形玻璃钢的，带有自动按摩的供水装置，彰显豪华气派。

我端坐在总统办公桌前，浮想联翩：总统的卧室、总统的办公桌、总统的宝座，一切一切，原本就笼罩着令人眩晕的色彩，赤橙黄绿青蓝紫，扑朔迷离，眼花缭乱，你分不清个究竟，只知道它象征着至高无上的权力，象征着不可侵犯的尊严，是可望而不可即的。而在当下，它的色彩是金黄色的，它只象征着一千元钱住宿费。金钱的地位的上升，并不是理想的，但钱，的的确确在冲击着众多的牢不可破的东西……

从办事员到经理——人性的升华

宴会开始好一会儿了，依然空着一个席位，据说是为宾馆的总经理留的。等了好久，他终于来了，好气派：白皙的皮肤，透着微红的色彩，两只并不大的眼睛，闪着自信的光彩，标准的个头，健美的身材，配上笔挺的深灰色西装、青色的领带，加上那种爽朗热情和不卑不亢、落落大方的做派，既显出了军人的潇洒，又显出了商人的精明，真可谓风度翩翩、意气洋洋。他一出现，我们这桌有四名师职文官的酒宴上，气氛即刻活跃起来。美酒佳肴，吊不起他的胃口，他仅仅代热情的主人敬了两杯酒，便彬彬有礼地告退了。他很忙，应酬很多，下面还有两桌酒宴等待他出场。

凭以往的经验，从周围官员对待他的态度，便可知他的地位。哪里想得到，几年前，他竟然是军区文化部门里一名提不上去的干事、待转业的下级军官。在座的几位文官，都是他的上级首长。

变革，给社会带来了新的气象；变革，给他的生命注入了活力，改变了他生命的旅程。如今，在他的身上焕发着、充溢着男性的魅力：自信、成熟而又富有实力……

将要离开广州的那天，从报纸上获悉一部电影获得国际大奖，蓦地，村民们招待水文专家的镜头跃入我的脑际：一杯热水、一瓶罐头、一柄汤匙，显出了诚挚的感情。这情、这友谊纯呀，浓呀，可它带给人的却不是温暖，而是令人心发冷、骨泛寒，它饱含着的是祖祖辈辈对自我、对人性的压抑和摧残。而眼下的这座有秩序、高速运转的城市，人们有着别一番生活内容，有着别一种待人方式，虽不尽完善，然相比较而言，能够使每个人将自身的能力发挥出来，而又能一定程度满足人们精神上、物质上的需求，这不恰恰是人性的释放吗？难怪人们纷纷去海南、去广州、去深圳……

写于 1988 年，曾获《羊城晚报》副刊"花地"奖

心中一抹丹霞

几年前的一个春天，我梦一般地来到了红艳艳、绿莹莹的丹霞山，赴一个约会，一个生命的约会。可能命中与丹霞山有缘，我一而再、再而三地赶赴丹霞山。

彼时，我正在全身心地办一份杂志，丹霞山管委会主管旅游发展的陈昉——一位酷爱读书的女士，在全国众多的文学杂志中选中了我们，主动邀约我们杂志联办"我心中的名山"全球华文散文大赛。这对于踽踽前行的我们，无疑是天赐良机。这以后，我邀约了陈建功、高洪波、舒婷、潘耀明、张晓风、尤今、卢岚、戴小华、赵玫、徐怀谦等众多海内外著名作家来到丹霞山。

青春做伴

那年春，我第一次到粤北丹霞山，远远地，云雾缭绕、云蒸霞蔚中的丹霞胜景映入我的眼帘，那种红，仿佛青春少女醉眼微

174

醺脸泛桃花；青山叠叠，白云飘飘，碧树丹崖，一望无际，像一幅瑰丽壮美的图画，着实摄人心魂。

据说，从自然地理年轮讲，丹霞山属于青春期，山山水水、花草树木，都显得郁郁葱葱、英姿勃发；一批青春年华的大学生也聚集于丹霞，在此放飞他们的理想，开始他们的创业生涯。第二年，以赤壁丹崖著称的中国丹霞地貌成功申报世界自然遗产，丹霞山人奔走相告，这些青年男女的青春和事业焕发出光彩。

瘦削、干练的客家小伙子侯荣丰，人称"丹霞猴"，毕业于山东大学文学系，因为爱山，从韶关市旅游局副局长职位上主动请缨来到丹霞山工作，从二十出头至今，一直担任管委会副主任。相识十多年，他总是身着夹克衫、脚穿旅游鞋，外出时背上双肩包，朴实平易，像个纯朴的青年学子，令人觉得十分亲切。

两位醉心于丹霞事业的女将，素朴干练，给人留下深刻印象。来自黄山脚下的陈昉，大气爽快，有着强烈的事业心，既爱读书又扎实办事；圆圆的脸上永远笑意盈盈的客家姑娘王芸，聪慧机灵，举重若轻，带着聪明漂亮的助手梁惠芬、高莹，新招迭出，创意不断，能将几十人甚至几百人的活动安排得井井有条，生意盎然，几乎每次都有亮点——

我们的采风活动别开生面，几乎每一两个作家、记者都有一位青年志愿者陪伴，沿途随处可见穿着橙色坎肩的青年志愿者，一张张青春绽放的笑脸，温暖着、感动着大家；在岭南特有的红石山佳景、长松翠竹间，举办散文大赛颁奖会，暨《大美丹霞》《梦萦江山》新书恳谈会，边品茶，边交流，高雅大气，亲切自然；在丹霞山吃饭，崇尚自然清新，从来没有铺张奢侈的场面，没有海鲜野味，取自当地山川河流的清新食材，素朴自然，清香可口。2015年冬季几十位海外作家从港澳开会后到丹霞山采风，接连几天港澳大餐，吃得肠胃满满，都没有了食欲。来到丹霞，当地绿油油的青菜，清香的竹笋、香菇、木耳，有机健康，一筷子下去大家口舌生香，胃口大开，连号称常吃米其林大餐的台湾作家李昂都赞不绝口，专门撰文赞美丹霞美食。

醉心文学山水

荣丰生于韶关南雄大庾岭，家乡处于广东、江西交界，有著名的梅关古道。他生于山，长于山，工作于山，钟情于大山。与他相交，我着实感受到他对大山的依恋，感受到他执拗的大山般的性格。

那年，他和王芸、高莹到天津，只有一天自由活动时间，我原想陪他们好好逛逛"五大道"风貌建筑，这是近代天津的风华所在，吸引着人们的眼球，有多少人专门为此来津观览。他却坚持要去蓟县的盘山。他整天守着大山，山里来、山里去的，外出还要到山里转？我很惊讶，但拗不过他，只得陪着他们着着实实游览了盘山。

几次到丹霞山，入住宾馆后就会见到荣丰。其实，他并不一直主管宣传，因为酷爱读书写作，与文人相亲近，只要是文人到了丹霞山，他会从始至终陪伴、解说。他陪着大家游览阳元石、阴元石、锦江、长老峰、锦石岩、最美古村落石塘村等诸多景点。他不大擅言谈，但他讲的有骨头有肉，好几位作家说，他们的灵感来自他的启发。台湾作家张晓风到丹霞山后，荣丰一直陪伴，到锦岩寺边看边讲，又赠送了《丹霞山古摩崖碑刻集》，点燃了她的灵感，创作出《头寄颈项了无痕，梦萦江山真有情》，夺得大赛金奖。

2015年春，多位著名华人作家、编辑记者跻身丹霞胜景，畅谈文学山水。最后一天，为了让大家尽兴，荣丰精心安排大家到唐代名相张九龄故乡周田古村，晚间到附近农家院品尝当地农家菜。天空下着雨，天气阴冷，刚刚聚到餐桌前，泡上了当地红茶，大家恨不得即刻便饱餐一顿。然还未及喝上一杯热茶，荣丰便召集大家撑着伞，踏着泥泞的小路，走到一条小河边，河边全是没膝茅草，有两个戴着斗笠的乡民在河中网鱼。他告诉大家，这小河叫灵溪，河对岸是鲇鱼转山，即著名的新石器时代的鲇鱼转遗址。原来，到此一游，多转一个景点，多看一座山，多看一条河，是他的精心安排。待掉头回转，只见拄着拐杖的张晓风老师踏着泥泞的小路走来，荣丰迎了上去，动情地介绍着，眼睛里闪烁着亮光。

晚餐第一道是鱼汤，银白色的小鱼，肉质细腻，鲜美无比，一连喝了两碗，只觉得浑身血脉通畅。王芸得意地说：这小鱼就是刚从灵溪网上的纯野生河鱼。

汤足饭饱，当大家沿着漆黑的小路徒步返回到停在不远处的汽车时，村子里一片宁静，万籁俱寂，王芸指着路边的菜田叫道：快看，萤火虫！阴雨天，没有月光，仔细端详，只见一群群的萤火虫在菜丛中飞舞，发出荧荧的光亮。这小虫子对生态环境要求很高，现今不要说在城市里，就是在乡村也已经很难见到，光污染，正严重地威胁萤火虫的生存，记不清已经多少年没有见过萤火虫了，真恍惚有隔世之感。萤火虫平均寿命只有几天，在短暂的生命里，母性萤火虫唯有拼命发光，才能吸引雄性；雄性萤火虫找完对象，就结束生命；母性在产完卵后，就完成一生的使命。它们从一出生，就担负着完成物种延续的责任，用燃烧的激情，发出微弱的光芒。

阴雨天，未能在以《望月怀远》开启了诗词的盛唐时代的张九龄的故乡看到明月，可为这小小的虫子所发出的微弱的光，我也会牢牢地记住张九龄的故乡。

一次又一次，荣丰总想把韶关丹霞最美好的东西、最美丽的景致展示给大家，谁肯于认认真真跟着他走、跟着他看、静心听他的话语，谁就可能获得最为独特的素材，发掘出珍贵的宝藏。到丹霞采风，每次都收获满满，满载着精神与物质的食粮。

美好的月夜

2015 年冬，参加潘耀明先生主持的、在香港中文大学联合书院召开的"文学山水"研讨活动，住在风景绝佳的香港沙田凯悦酒店。酒店一面临山，一面面海，我住的房间面山，对面是连绵不绝的山脉。荣丰说，对面是香港最高峰大帽山，像一个大帽子扣在了九龙半岛中心部位，由于常年云雾缭绕，又叫大雾山，是南海海边一座比较高的山了；而荣丰的房间面海，海边那座山因其形状像马鞍，所以叫马鞍山，马鞍山南边是香港的战备水库……说着话，他拿出了香港地图册，指着地图津津乐道地讲述了起来……

晚间，已经十点多了，奔波了一天，我原本想休息了，荣丰坚持带着我和小刘律师步行到了不远处的渔人码头。

夜，静悄悄的，此时家乡天津是冰天雪地，且连日笼罩于雾霾中，而我们在空气温润的"东方之珠"渔人码头赏景，天空幽幽，一轮圆月悬于浩瀚的天空中，久违的星星俏皮地眨着眼睛，我深深地呼吸着，感受着大自然的美好赐予。

曾经，在丹霞山，我度过一个美丽的夜晚。那天上午，我们乘游艇游江，锦江就像一条玉带自北而南缠绕于丹霞山群峰之中，绿树丹崖，碧波荡漾，美不胜收；晚间，我们几位文友乘兴夜游锦江，在锦江码头喝茶览月。天阴沉沉的，对面是黑蒙蒙的大山，江中也是黑蒙蒙一片，只闻听江水哗啦啦哗啦啦的拍岸声，突地，一轮圆月从锦江中一跃而起挂在空中，山峰现出了曲线，水浪现出了形体，锦江展现出更加迷人的魅力。我们欢呼着，来自法国的画家林鸣岗大声叫道：我要画画！

有了荣丰相伴，香港此行，我逛商场购物的兴趣荡然无存，会议间隙，与他一起游走于风景秀美的中大校园，浸润于自然和人文的景观中，感受着文学的山山水水，颇有"成就感"，我从心底里感谢执拗的荣丰。其实，荣丰的"成就"比我大得多，他认为香港的美就美在山（海岛也是山），他多次到香港，几乎每次都要到郊野公园爬山，踏勘了香港多一半的山山岭岭。这次，他独自攀爬了他房间对面的马鞍山，还背回了一部厚厚的刘殿爵的《淮南子韵读及校勘》。在与自然的厮守中，他研读这部厚厚的大书，钻研古诗词，其痴迷程度令人咂舌。

"丹心一片付丹山"，在人与自然疏离、私欲膨胀、人性扭曲的今天，正是荣丰的执拗性格，他的文人性情，令他不肯随波逐流，坚持特立独行。至今，我方才明白了"丹霞猴"的含义：他已经并且永远融入于大自然的山山水水中，一山一水、一花一木、一禽一兽都牵动着他的心、他的魂。他已经实地考察研究过我国四十多座著名山岳，这次会议他论文的题目就是《中华百岳》。

在人生的旅途中，我有幸遇到了青春美艳的丹霞山，遇到了一批将自己青春、知识和才华融于壮美自然的有为青年。青山不老，绿水长流，"色若渥丹，灿如明霞"，一抹红艳艳的丹霞永驻于我的心中。

寻味原生态黔东南

绿色山川

彩锻大地

雷江　榕江　从江　雷山　月亮山……

自然生态蕴含的神秘　是

魅人的魔力　慑人

心魂

民族风情　浓酽醇厚

文化遗存　原汁原味　引人

心醉

原生态黔东南　绰约的风姿

永永远远摇曳

方知晓　人怎样可以

上通天地　下接

心源

缘于工作，我得以游历全国，给我留下最深刻印象、情为之动、心为之颤、魂为之牵的一是青海，一是刚刚游历完的黔东南。一周的游历转瞬即过，黔东南神秘美丽的自然生态，古老厚重的民族风情，原汁原貌的文化遗存久久徘徊在心间。我终于弄懂了什么叫古朴自然，什么叫原生态；为什么必须敬重自然，敬畏自然，人，如何才能上通天地，下接心源……

神秘侗寨

蒙蒙雨雾中的下午，我们来到了月亮山、雷公山间的榕江三宝侗寨，其号称是侗族的宗祖家园。

远远就映入眼帘的是二十一层高的侗寨鼓楼，巍峨高大，灰白色调，是精美的密檐式宝塔形木构建筑。据说，建造这鼓楼，数以万计的木枋、梁、板，无一张图纸，所有建筑尺寸，全凭声望极高的墨师的心中默算。人竟有这种能力？一种奇异、神秘的感觉攫住、笼罩我的心魂，一种敬畏之心油然而生……

萨玛祠前，"萨"的化身手持半开的油伞开路，一行人从祠中走出时，我进入供奉祖母神的萨玛祠。不大的院子里，有二人正在用青青绿草勒一只鸡、一只鹅的脖子，平日里威风凛凛的大雁鹅任由人拔着颈毛，用绿草勒脖，不叫嚷，不挣扎，似乎很情愿干干净净不见刀伤不见血痕地作为祖母神的祭品。我不敢乱问，也不敢细看，低头快步来到榕树繁茂的榕江边。

江边是一棵棵粗壮、高大的榕树，左边的一棵大榕树下，十几位盛装的侗族姑娘弹着琵琶，自弹自唱古老的侗族古歌，姑娘们唱得用心用情，显得那么专注、那么深沉；中间的大榕树下，又是一拨姑娘自弹自唱着；再往右走，依然是大榕树，依然是深沉弹唱的一拨姑娘。所有的歌词我都听不懂，据说歌唱人类的起源、物种的起源，很精深奥妙。琶声依依，歌声幽幽，歌者的情绪和周边的环境，令整个人已经被一种浓浓的气场、浓浓的氛围所笼罩着。距榕树不远处，有年轻女子脚踏纺车纺双线，有年轻女子用心地刺绣……蒙蒙雨雾中，只感觉每一棵大榕树，都是一片风景；一棵棵连接在一起的大榕树，形成了一道美丽而神秘的风景线。

将要离开三宝侗寨时，众人依依不舍，竞相到几家小店铺购买纪念品。一位从事艺术品经营的作家精心挑选了一大一小纯手工刺绣的布袋，我问同样喜欢收藏的他看到什么古玩时，他说有两粒银扣。然后他若有所思地折回小小的店铺，花了十五元又买了一个小布袋，付款时，似乎不经意地指着玻璃橱柜里的银扣对售货的小伙子说：我买了你这么多东西，你把这两粒扣子送我吧？黝黑精瘦的侗家小伙子拿出那两粒小银扣，递到他手上，不好意思地说：只有这两粒了，送你吧。两粒制作精巧的银扣，若挂在链子上佩戴，会很别致；发黑的色泽，予人一种沧桑的感觉，折射出它所经历的岁月，估计起码是几十年以上的物件，若在大城市的古玩市场，现今怎么也要卖个上百元。三个布袋的总价不过六七十元，却捎带了价值上百元的银扣，作家"捡漏儿"了。坐在车上，壮硕的作家久久盘弄着那两粒小小的银扣，一直微微笑着，我相信，盘弄出来的两颗银扣会现出其幽幽的光泽，会登堂入室，成为某位有身份的女士或时尚小姐的别致装饰……

草木尊严

人一到黔东南，多次听到"岜沙汉子"、我国最后一个持枪民族，我渴望着亲近岜沙，一睹岜沙汉子的身姿。在岜沙的寨门口，很多人在照相，文友为我和一位矮个挺胸、肩枪、特有气质的男人拍了合影，幸运的是，他就是村寨火枪队首领滚元亮，是岜沙汉子的形象代表；在树林中，我又与一位小男孩合了影，小男孩瘦瘦的，眼睛亮亮的，胸脯也挺得高高的，十足一个小男子汉。我身上没有糖果，掏了点钱给他，他没有拒绝，也没有感谢，显得有些矜持。岜沙汉子骨子里天生就有几分自负，认定自己是"最正宗的苗族""蚩尤大帝的子孙"。成年后的男子将头四周剃光，顶部长发绾成鬏鬏称为"户棍"，着左衽右开黑色高腰衣，刀、枪与烟袋刻不离身，形成了特有的风度与气质。看到他们，令人想到日本武士，不知道，在漫长的长河中，日本武士与苗族是不是有什么渊源。

岜沙，苗语的意思是草木繁多的地方。一排排依山而建、高低起伏的干栏式吊脚楼，掩映于莽莽树林中。进入岜沙，最为引人注目的是一棵棵古树，这是苗寨的保寨树。树是岜沙人崇拜的图腾，神圣不可侵犯。他们相信，每一棵大树都是一个祖先的灵魂，庇护着岜沙。

岜沙人一出生，人们就要为他栽种一棵树，这棵树伴随着这个人的生命成长；待这个人故去时，把这棵树放倒，挖个洞，将人放入其中掩埋，融入大地；然后还要种植一棵树，象征着他生命永永远远的延续。一棵树就是一个生命，每个人的生生死死都与树连接在一起，实在令人惊异，令人赞叹，也着实令人艳羡！岁岁年年，代代相传，岜沙山山岭岭早已形成了一大片浩瀚的森林之洲、生命之洲。

我喜欢红木，痴迷于黄花梨、紫檀、红酸枝等传统红木家具和文玩小件高贵的气味、木质肌理、木质纹路，可看到岜沙人对香樟、枫树、松树、柏树、银杉、红豆杉等树木的敬重，一种敬畏之心在我的心中升腾，一种对岜沙人的敬意从心底油然而生。尽管岜沙的这些土生土长的树木不属于中国传统红木品种，但在这片纯朴、自然而神奇的土地上，这些树木折射出生命的尊严，显示出无比的高贵。

此时的岜沙正是秋收季节，地上堆放着一丛丛的禾把，金灿灿一片；人们肩挑糯谷禾把，晾晒在禾晾上，更是金灿灿一片。四处散发着南方清爽爽暖洋洋的秋情秋意。

天籁之音

来到侗寨小黄时，小黄沉浸在节日的氛围中，到处是盛装的侗族乡民，到处盈荡着欢快的气息。驻足小黄寨门前，乡民们唱起欢快的歌，同行的文友用陕北民歌叩开拦寨的大门，乡民为我们挂上粉嘟嘟热乎乎的彩蛋。

广场早已聚集了成千的远远近近的乡民，盛装打扮，喜气洋洋。孩童们、青年男女们、中老年妇女老汉们，依次唱起歌。他们的歌声不仅仅嘹亮，而且极富韵味，多声部，无指挥，无伴奏，浑然天成。时而低吟浅唱，时而明快亮丽，时而酣畅淋漓狂奔怒吼，时而江河奔流山鸣谷应……"饭养身，歌养心"，凭靠歌养育、调理心灵，塑造魂魄。每一个出生于小黄的人，从幼童时代起，都要由当地乡民的歌师教唱歌曲，伴着歌声成长，伴着歌声成家，岁岁年年、生生死死都伴着歌声。

侗族——一个亲山爱树崇尚自然的民族，一个属于水、属于月亮的民族，也是一个在歌唱中快乐生活的民族。侗族大歌，是从大自然中提炼出来的原汁原味的音乐精华，它是山与水的和声，也是人与自然的和声，更是人与人的和声。这歌声，是他们知识、智慧、文化的结晶，是他们心灵的直白，是他们生命的宣泄和张扬。

来黔东南之前，我一连观看了四场由二十二岁的美国斯坦福大学学生曹禅自编、自导、自创词曲，亲自指挥的音乐剧《时光当铺》，场场流泪，长时间沉浸于悲情中。剧团成员都是斯坦福大学学生，来自不同专业、不同国家、不同族裔，带着不同的文化印记，十九首旋律优美、意蕴高远的歌曲，串起了全剧情节、人物。两把吉他、两架电子琴、一面非洲鼓、柳琴，就成功地演出了音乐剧——在斯坦福校园、澳门、成都、北京连续演出二十多场，场场爆满；一举夺得韩国大邱国际音乐剧节"最佳原创大奖"；还参加了纽约国际实验戏剧节。当初，为了这部音乐剧的创作，曹禅和她的母亲文勤也曾来到黔东南、来到小黄采风，在该剧东西方文化诸多元素中，也有着小黄的印记。

回到大都市，我也曾在一个隆重的场合，观看了一个声名显赫的剧团的一场声势浩大的演出，大腕歌星嘹亮的歌声无论如何也打动不了我，挥之不去的是一种"曾经沧海难为水"的感觉。我知道，《时光当铺》的乐曲，黔东南的歌声，小黄的侗族大歌，会年年月月、永永远远盈荡于我的脑海心间……

人生离不开歌声，心灵中更需要歌声。如今，在高楼林立、物欲横流、精神贫瘠的繁华世界里，有多少人心灵中还有歌声、笑声？可绿色的黔东南有，生态的黔东南有。

生态大餐

在小黄，我们享受了黔东南之行的最后一顿饭餐，一顿自然生态的盛宴。

坐在乡政府宽大的院落中，头顶月光，首先攫住我目光的是一大盘清煮九月笋。竹笋的外皮是棕色的，里面是嫩黄色的笋心，咬一口，鲜嫩无比，口舌生香，我一连吃了好几支，若不是还有很多引人食欲的食物，我真会不停顿地吃下去。随着搜寻的目光，我的手伸向了一大盘烤得焦黄的小鱼，拿起小竹签，从鱼头吃起，连鱼鳞、鱼内脏一起咀嚼起来，小鱼肉质丰厚、细腻，鲜美异常。

拿起汤匙伸向了沸腾的火锅，黔东南之行，几乎顿顿正餐都有火锅，大多为鸡汤锅。扬名久远的黔东南小香鸡，在独特的自然生态和地理环境里，体形小，外貌清秀，体型匀称，比之邻居家饲养的晃晃悠悠走路的大母鸡要秀巧得多，灵活得多，身上全是精肉和骨头。煮起来，一个大火锅里几乎看不到漂浮着的鸡油。我一般很少吃肉，一碗接一碗地喝汤，喝得浑身发热，血脉贲张。然后把洗净的各种小棵新鲜菜蔬不断地倒在火锅中，就着鲜美的鸡汤吃下，那味道，在我看来，什么佳肴也难以与其媲美，每天吃喝一顿，保证强筋健骨、通脉养颜。但我知道，回到现代化都市，这只能是奢望。

绿色的盛宴，令在座的人食欲大开，不停顿地品尝着各种绿色的美味佳肴，畅饮侗族的佳酿。吃了好半天，我才想起没有喝茶。拿起邻桌放在板凳上的茶壶，倒了一杯当地的粗茶，一饮而下。万万想不到，这以当地植物叶子和草药调制出来的药茶有一种浓郁的清香，一杯下肚，口舌间萦荡着一股特别的清香之气。我赶快招呼同桌的文友饮茶，大家连连叫绝，一杯接一杯地畅饮起来。

茶足菜饱，大家仍有不足之意，看到莹亮的糯米饭，不禁想到金灿灿的糯谷，忍不住盛了小半碗。一入口，一股香、韧、糅、糯之气萦荡口舌间，那种清香、醇厚、劲道，实在勾人食欲。一位女友索性一边聊天一边用手抓着糯米饭大吃起来。

　　我以为，我是一个懂得品味美味佳肴、懂得养生的人。毕业于燕京大学特生物营养专业的母亲，养就了我这小小的天赋。但工作的繁忙、大城市中真正绿色食品的贫瘠，剥夺了人们品尝原生态美味的享受和欢乐。在黔东南，在小黄，我们充分享受着原生态大自然赐予的美味佳肴，品尝着人生的大餐和精神的盛宴。

　　依依不舍地告别黔东南，告别雷江、榕江、从江，告别雷山、月亮山时，我在心中祈祷：千万千万，守护住绿色，守护住原生态，守护住一片净土，守护住人类心灵的家园……

赶 海 去

赶海去,

怀着一颗躁动的魂灵;

赶海归来,

内心拓展了一片充实而祥和的世界……

　　人们常说,大海是慷慨的,它赐予人类是丰盛的。我们,一伙贫穷的牢骚满腹的文化人,终于逮着机会赶海来了。

　　我们兴冲冲地行走在通往大海的小路上,有的携妻,有的带子;有的持面盆纸篓,有的持电筒短棍,而"红脸叔叔"依然摇着那把刻不离手的蒲扇。可以想见,当我们满载而归的时候,当酒香飘溢、海蟹海螺海蛎子在沸沸洋洋的钢精锅里挣扎不动的时候,"盖棉被叔叔"一定会穿着他那件漂亮的夹克衫高兴得手舞足蹈;"虫子牙叔叔"一定会启开他常常闭合的嘴唇;而"红脸叔叔"一定会很有风度地将那把蒲扇挥上几下……大海啊,你更加慷慨些吧，我们第一次赶海，我们是一伙腹内空空的穷文化人，我们希望能使我们的肠胃得到片刻的满足，以慰藉我们在商品经济冲击下的躁动的灵魂。

来到了，呈现在我们面前的，是一望无际的海滩，是一片幽静的世界。天阴阴的，没有月光，没有星星；地静静的，没有机械的轰鸣，没有人群的喧嚣，只有流水在不停地涌动着，一波一波，发出一声声深沉浑厚的咆哮，更加映衬出幽静的氛围来。面对这雄浑、宏伟的大自然景象，人们感觉到了自我的渺小，一群人一下子便静寂下来了。

我不知道是如何从三三两两的人群中游离出来的，整个人仿佛被什么东西摄住了，不知不觉地走了那么远，一个人孤零零地站在了一块孤零零的礁石上，躁动的心情已经平和下来了。

天沉沉的，周围暗暗的，展伸在我前面的，是波涛汹涌的大海。只见那黑乎乎的波浪一片片、一团团起伏着、奔腾着迎面扑来。哗啦啦、哗啦啦，我凝神倾听着涛声，盼望着更加惊心动魄的呐喊；哗啦啦、哗啦啦，我凝眸注视着海面，希冀着它掀起更加震慑灵魂的波澜。哗啦啦、哗啦啦，波波相跟，浪浪相连，我的思绪也犹如这海浪上下翻飞，连绵不断……

凝视着海面上自由奔腾的浪花，我真真地羡慕起它们来。因为我深深地知道，浪花是大海的力的显现。人的一生倘若能如此，该是多么惬意呀！人的一生本该有闪光的年华，应该有激情，有浪花，这便是人的生命力的证明。平心而论，我厌恶平庸，厌恶碌碌无为，对白白地在人世间走一遭的痛苦，简直无法忍受。可众多的人，包括我自己，恰恰是在平平庸庸、碌碌无为中度过人生最宝贵的年华。为了免去被生活中的暗礁碰得头破血流的苦痛，人首先得学会忍耐，学会逃避矛盾，学会与俗人俗事应酬；等而下的，还要学会趋炎附势、献媚取宠；再等而下之的，是要千方百计去扼杀别人的生命的力，以显示出自己的"能"……这便是"圆润"，便是"成熟"？承受不了生活之重，不能固守住人的节操，这被扭曲了的性格，怎么能凝聚起真正的强者之力，撞击出生命的浪花？每每细想起来，往往怒火中烧、痛心疾首。

我自己固然平庸，然而，作为女性，我希冀着别人不平庸，起码希冀男人们不平庸。否则，天地间为什么有阴阳？为什么分男女？为什么有强雄有柔弱？我以为，最能打动女性心灵的，是强者深沉而浑厚的"力"。于是，对他人的拼与搏，我变得异常敏感，翘盼着个性的张扬、强雄的出现。到头来，纵然有喜悦，有欢欣，却也有失落，也有惆怅……

如今，面对着生机勃勃的海洋，面对着汹涌澎湃的浪花，我完完全全被征服、被吸引了，它有着无边无际的胸怀，有着取之不竭、用之不尽的"力"，它能够包容下无限的欢乐与苦恼，它能够永远创造、经久不息。此时此刻，我真愿把自己的生命也化作一滴海水，在大海的怀抱中使生命得到永恒，得到完成……

每一个人的内心都有一个角落，一个纯属于自己的角落，一个永不示人的角落。抑郁寡欢的人，自有他的欢乐与享受；热情活泼的人，也自有他的苦闷与悲哀。没有愉悦和享受，没有丰富多彩的内心世界，我不相信抑郁孤寂的人，能够顽强地挺起他的躯体；没有静寂和平和，没有离群索居式的思索，我不相信热情的人会凭空充满激情。丰富的内心联想，往往是孤寂者独往独来的基础；静寂的思考，往往是热情活泼的人待人处事的根基。只有内心翻卷着波澜的人，方能够由着自我思维的引导脱俗入境；只有能够沉寂下来的人，方能够真正焕发出激情。

然而，无论是热情者，还是孤寂的人，都需要理解，需要交流。当一个人躲在一间小屋的时候，也许他会与墙壁、空气、盆景、字画以及窗外的景物交流；当一个人在马路上散步的时候，也许他会与路旁的高楼大厦、花草树木交流。而我一生中最惬意、最舒畅的交流便发生在这片夜色笼罩下的海滩上。

我久久地伫立在海滩上，倾听着大海的心音，也对他轻轻地诉说着我的一切，诉说着我的苦闷、我的追求……此时，我的心高度的纯，四周高度的静，没有一丝杂音，静静然，悄悄然，心便与大自然融溶在一起，灵魂也由此世界向彼世界升腾，整个人不知不觉地醉了……

我也不知在礁石上站了多久，浪花弄湿了裙衣，我全然没有一丝凉意；准备用来挖海螺的木棍也不知何时跌落在海中，被潮水猛力地推来，又被无情地卷去。此刻我的心中，拓展了一片虚灵之域，坦荡荡的，只觉得内心相当的充实和恬静，只觉得心境相当的舒畅和自由。于是，我想到该回归众人之中了，便轻快地跃下了礁石，坚定地向闪动着缕缕手电光的方向走去。

没想到，来时带来的容器大多竟是空荡荡的，只有两只面盆里面盛着一些战利品，几个孩子围着面盆兴高采烈地玩着小蟹、牡蛎和海蛎子。我发现，真正尽心尽意、忠于职守的只有笔会的主持人自己。他一手持电筒，一手往礁石下面掏着，每掏出一点海产，就引来一阵孩子们的欢声笑语。他默默无言，承担了所有人的劳作，还照看了好几个孩童。而大多数笔会来宾，几乎全是独自从四下里归来，手里面什么也没有。我们两手空空，却相视而笑，笑容里分明洋溢着自豪和得意之情。用不着言明，我便一下子理解了众人，众人也理解了我，大家的感情便有了一种交流，便有了融溶，心头倏地涌上了一股暖流。

我们轻松、欢快地行进在返回宿地的小路上，内心注满了一股旺盛而强大的生命的力量，一股无所不包的感觉。经过净化的灵魂也感到无比的宁静与平和。穷人有穷人的烦恼，富人有富人的忧愁；位卑者有位卑者的痛苦，位尊者有位尊者的不平。能容得下无限的欢乐，能化得开无限的痛苦的是大海般宽阔的胸怀。真正的贫瘠，不是物质的缺乏，而是精神的空虚。真正的富有，也不是物质的占有，而是精神的充实和经久不衰的创造力量。此时此刻，我们觉得自己是那样的富有。

大海啊，你的慷慨远远超过了我们之所求，你将大美大德昭示给我们，引导我们从世俗的快感超越上去，以追求人生的大乐。我们深深领受了这比什么都重的厚待。这将使我们一生都受益无穷。

赶海去，

怀着一颗躁动的魂灵；

赶海归来，

内心拓展了一片充实而祥和的世界……

湖畔之夜

电视里播送着紧急台风预报：今年第 3 号台风，正在向我国南部沿海一带移动，预计将于今晚在福建省南部登陆，届时将有暴风雨降临。根据预报，我所客居的城市恰恰是此次台风的中心。

台风，是不是电影中、画面上那乌云压顶、飞沙走石的风暴？是不是那波涛翻卷、巨浪连天的风暴？

就在闻知尚未亲身感受过的台风将要降临的一瞬，强烈的新奇感即刻攫住了我，一股不可遏制的、想要搏击的情绪，在我尚怀青春余热的生命中躁动起来。"要迎风而立！要迎风而立！"

我信步走出了闷热的房间，来到那号称"小西湖"的后院，想一睹风暴降临时，那景色秀丽、风情怡人的"小西湖"的景观。

我固然没有见到过台风，然而，风暴之于我并不陌生。

十岁那年，在语文课课堂上，教室外面突然雷声大作，乌云满天，紧接着，一个霹雳接着一个霹雳，一个闪电连着一个闪电，同学们战兢兢的，不知会有何祸事降临，课堂气氛紧张极了。那位瘦瘦的、高高的、有点结巴的语文老师却激情大发，气宇轩昂地讲解起杜甫的《茅屋为秋风所破歌》："安得广厦千万间，大庇天下寒士俱欢颜！风雨不动安如山。"将我们的精神引入到另一般境界。每每想起那场风暴，内心里仿佛有一股暖流在流动。

呈现在我面前的"小西湖"，依然故我，还是那般恬静，那般雍容。客人本来就不多，又因了台风将要来临，"小西湖"内极少有人影，显得格外的静，一切生物全都处于一种无拘无束、无恃无恐的自然状态中——鸟在空中自由自在地翻飞，鱼在水中清闲自在地漫游，虫在草丛中逍遥自在地蹦跳，蝶在花丛中欢畅自在地嬉戏。柳摇摇以轻飏，水涓涓而微涌，夏日融融，草木青青，花香阵阵，熏风习习，大自然中呈现的是一派平和、欢畅的气象，令人神清气爽、心旷神怡。

我固然没有见到过台风，然而，风暴之于我并不陌生。

十二岁时，一把大火在我家后院腾起，被称为"四旧"的一堆堆书籍、衣物，变成一股股浓烟和一堆堆黑灰时，我感受到了血雨腥风、触及人魂魄的"红色风暴"。从此，我常常自卑，常常心悸……

而今，一条石子铺就的小路，将我引入了"小西湖"园林的深处。这是一个幽静而又充满了生机的世界——青青的修竹悠然挺立，洁白的玉兰花倾吐着浓郁的芳香，粗壮的芭蕉树上挂着一串串黄澄澄的果实，红艳艳的荔枝缀在碧绿的树叶上令人馋涎欲滴。

一路之上，草木欣欣向我娓娓述说，熏风微微将我轻轻抚摸，真是怪怪的，我那绷得紧紧的心弦，不知何时已经舒缓下来了，那被将要来临的台风唤起的野性的渴望，亦不知何时已荡然无存了，代之而起的是另一种相互交流、相互理解、相互融合的温情脉脉的渴望。这种渴望由遥远的深处一步步向眼前移动，一点点地变成现实：草木向我点头笑，我冲青草把头摇；小鸟冲我吱吱叫，我朝小鸟把手招。而后，我索性坐在榕树下面的石凳上，背靠坚挺壮实的榕树，拉着榕树那长长的、神仙老人般的"胡须"，轻轻地抚弄着、揉搓着，任美好的想象展开翅膀飞翔……

我固然没有见到过台风，然而，风暴之于我并不陌生。

那虽然称不上刻骨铭心却也浸透肺腑、令人终生难忘的感情风暴，是悲喜青春的见证；那因了嫉妒、损人利己、排挤他人而掀起的风暴，在人生的旅途中，在职场打拼中，更不知要经历多少……如今，身上已穿上了"御寒衣"，稚嫩的心脏亦已结上了一层厚厚的心茧。经过岁月的磨砺，我已经相信，不亲身经历各种各样的风暴，并深刻地去感受它、品味它，便很难成为真正的人。可以说，经受风暴，也是培养意志、培育人格的一种训练。

天是一点点地暗了，一轮明月悄悄地挂在了中天，繁星也在辽阔的天空中俏皮地眨着眼睛。我依然不肯离去。在温柔的、和谐的大自然中，我所感受到的是心的温暖，我所感知到的是善的真谛。在我起伏的胸膛内升腾着的是一股崇高的爱心——热爱自然，热爱万物，热爱生命，热爱人类。

人生来不仅仅要接受风风雨雨的侵袭，更需要的是阳光雨露的滋润。对于女人，不仅仅是女人，应该说对所有的人，享受和施与温情，享受和施与爱，这也是培育人格和情操的一种训练。到"小西湖"来，原本是想经受台风的袭击，不料想接受的却是丽日熏熏、温情脉脉的爱的馈赠。我的身上洋溢着一股温情，洋溢着一股暖洋洋、喜盈盈的生命的力。

不平凡的、永永远远铭记于心的南国之夜。

第二天清晨，当红彤彤的旭日在东方跃起的时候，新闻中传出了第 3 号台风昨晚绕过福建省南部已经登陆的消息。啊，"小西湖"，你毕竟是温柔、宁静之所，你是我人生的一个"避风湾"。

"小西湖"，每当想起你，便有一股温馨的感觉传遍我的全身，人生毕竟不仅仅有厮杀搏斗的战场，亦有风和日丽、寂静安谧的湖畔，亦有此疗伤治痛、休养生息的"避风湾"。

我不惧怕乌云压顶、风狂雨骤；

我更喜爱风和日丽、万木争荣的艳阳天……

长白山的星星

伴随着大时代的快速发展，都市的繁华日新月异，细细想来，似乎很久没有看到天空中闪烁的群星了。

初春的一个晚上，友人邀约春游抚松，看着外面雾蒙蒙的天空，我随意问道："那里看得见天上的星星吗？"

"当然看得到，此时，长白山一带天上的星星像赶集，数也数不清！"

好形象的语言，充满魅惑，令人联想到那里清纯的空气、水、食品和绿色生态，我当即应允下来。

别一番风景

从长春到抚松，一路走来，时而，天空澄澈空明，一朵朵棉花团似的白云飘飘摇摇；时而，阴云密布，飘落下雨滴，淅淅沥沥。道路两旁山峰绵亘起伏，沟谷交错，河流蜿蜒纵横，山阳面树木已然返青，山阴处还覆盖着大片大片的积雪，河中还漂移着大块大块的浮冰，可以想见这里冬季的漫长与寒冷。

一路行来，沿途人车稀疏，不见了往日高楼林立车水马龙的喧嚣，人不知不觉间静了下来，四个多小时的车程，一点也不觉得疲倦。

清代，统治者在长白山封禅，后来竟至成为"禁中之禁"，凡移垦、刨参、伐木，悉在禁列。多年的封闭，使长白山地区植物、动物群落得到了很好的保护，波澜起伏的高山峻岭，一望无际的茫茫林海，纵横交错的滔滔江河，四季变幻的风霜雨雪，多姿多彩的自然环境，使长白山成为世界上不可多得的自然保护区。

第二天，雨雪霏霏，道路泥泞，踩着柔软的金黄色稻草走向位于抚松县漫江镇南侧丛林中的锦江木屋村落。1937年日本侵占东北，并屯管理，形成了聚居的木屋村落。这里居民原本就不多，如今有些已经迁移出去，只剩下一二十户人家，一些老旧的木屋空无人居。

感谢造物主恩赐的茫茫林海，人们就地取材，木屋的一切都是木头的——原木横卧，层层叠起为墙，削木片为瓦覆盖成顶，木门、木窗，空树筒子为烟囱；木头造的苞米楼子、木煎饼缸、木饭铲、木水瓢、木头打造的桌椅板凳……木屋冬可以抵御风雪严寒，夏可以遮阴纳凉，屋内眼可观木头的木纹肌理，鼻可闻松木的清香……酷爱木头的我，欣喜异常。

走出木屋，眼前便是一望无际的杂树林，红松、杉树、桦树、柞树等各展风姿，一趟趟种植人参的垄沟，一幢幢高低错落的木屋，家家屋前悬挂着金黄的玉米穗、红辣椒，堆放着排列整齐的烧火用的原木棍，鸡鸣狗叫，青山绿水，于长白山腹地，心生世外桃源的感觉。怪不得尽管条件比较艰苦，为了近距离接触大自然，感受自然万物生命气息，光临木屋的游客、驴友不绝如缕。

百草之王

幼时，在一家非常出名的中药店，宽阔的橱窗里有一株白白胖胖的人参，肥大的根部很像人的头、手、足和四肢，伸展着长长的须茎，浸泡在一个大玻璃瓶中。每每路经此橱窗，"百草之王""灵丹妙药"，一种神秘、高贵与敬畏的感觉总是攫住了我。那时，我读了很多民间故事，十分喜爱和向往白白胖胖、戴着红肚兜的"人参娃娃"。

来到抚松，过了一把人参瘾，人参成了我们忠诚的伴侣——跃入眼帘的是"人参的家乡欢迎你"；"长白山人参博物馆"；沿途街道商店、入住的宾馆展示着人参；餐桌上、舞台上处处有人参的倩影；致辞、讲话、交流中，有着谈不完、诉不尽的人参的话题……

清代，长白山被视为满族的"龙兴神山"，上自贵族皇胄，下至黎元百姓，均视长白山为神秘莫测的神山，人参更被尊为百草之王，在开采中，有很多禁忌，一直延续至今。

人参是神秘与高贵的。其茎叶一岁一枯荣，茎叶轮回，根也轮回，人们采参植参也轮回。春回大地，万物复苏，农历三月十六，是山神节，在长白山又称老把头节。进山采参，以及耕田、捕鱼之始，先要祭拜山神。在去往山神庙的路上，我看到了身背柳条筐、手拄拨宝棍的采参人，人瘦削而精干，眉宇间显示出乐观而自信，我用眼探视，柳条筐里面放着香炉、彩布、铜钱等。

人参系多年生草本植物，喜阴凉、湿润的气候，生长于山地缓坡或斜坡地的针阔混交林或杂木林中。山林中往往有被砍伐的树桩，采参人把树桩视为山神，再累也不能坐在树桩上。每出游至深山绝涧，架木板为小庙，竖木为杆，彩布香炉，供山神位，祈求神灵呵护。

在当地人的心灵中，人参是有生命的，采掘时恭而敬之。寻找野生人参，往往会见到瑶光；发现人参后，要先用系着红绳的铜钱套在参上，以免人参跑了；还要用树棍支个小木架，把人参罩住；挖掘时先破土，再用鹿骨扦子一根一根地扒拉参须，慢慢地把人参抬出，打成参包。

从抚松，我带回了一株山参，此际正横陈于我的书桌上。细细地端详这至尊的"百草之王"，其绝非白白胖胖，而是瘦小精干、舒枝展茎，生动俏皮，称得上是"骨感小美人"。

生态美食

丰盛的晚餐鲜美至极，不是高档，而是来自大自然的当地传统食品——包裹着玉米片的黄澄澄的软炸人参，外焦里嫩；用玉米面做的韭菜合子，山韭菜飘散着清香；土鸡炖土豆、酸溜溜的柿子炒鸡蛋、筋道香甜的黏玉米……地地道道的原生态食品，在都市的日常生活中，有一道已属难得，竟然摆满了一大桌子，诱惑力是巨大的，大家争相下箸，再喝上一口当地酸中带甜、味道醇厚的野生蓝莓酿制的红酒，齿颊留香，四体舒泰，真有点飘飘欲仙的感觉了。

回到房间，喝上一杯白开水，只感觉清冽可口，过去北京的自来水很好喝，但已经好久没有喝到这种口感的自来水了。我赶忙冲泡上自带的春茶，只见新芽在清澈的水中绽放着碧绿的身姿，抿上一口绿色的茶汤，只觉得口中爽滑，细细的、滑滑的，茶的甘甜从舌尖滑至舌根；再喝上一口，茶的甘甜从咽喉往舌根部涌现，口舌生津，一阵阵地回甘，久久不散。

当今，物质的极大丰富，刺激了人们的味蕾，人们尽情地享受美食美味，可到头来，最大的美食美味离不开"原生态"。一位山东籍文友，无论多高档的宴会，回到家还要吃自家做的煎饼夹大葱、咸菜，否则就觉得没吃饱。当然面粉、大葱等食材须是自家或朋友栽种收获的。一次，当我们阳春三月从扬州返家时，在高铁列车上，他掏出了自带的煎饼、小葱和咸香椿，富有激情地大嚼大咽，吃得津津有味，引逗得我们一位年轻的女编辑也跟着吃了起来。后面一位山东籍的京城名流坐不住了，不住嘴地谈起家乡美食，竟至提前在济南下车，说是要到一家熟悉的小饭店吃地道的招远海蟹去。

绿色的原生态的生活已经成为一种享受，成为一种精神和物质的奢侈品。在锦江木屋，当我拿到一大包山东籍大嫂刚刚烙好的黄澄澄的玉米面煎饼时，一股久违了的粮食的清香扑面而来，捧着色、香、味俱全的美食，顾不得洗手，即刻大吃起来。在大巴车上，周边的文友都嗅到了煎饼的香气，我便你一张我一张地分发起来。

当下，"正能量"一词十分时尚，人的精神和肉体都需要接收"正能量"，什么是"正能量"？高官厚禄、宝马香车、燕窝鱼翅对人都是"正能量"吗？其实，在物质极大丰富的今天，蓬蓬勃勃的原生态大自然，清纯的空气、明媚的阳光、洁净的水和食品，是都市人最迫切、最需要的"正能量"。走向偏远，走向静寂，走向原生态大自然，才能使疲惫的身心得到抚慰和放松。

长白山一带的天气瞬息万变，一会儿阴一会儿雨，一会儿又可能艳阳高照。缘于晚间阴雨，抚松之行，我并没有真正看到星星，但人参故乡赶集般簇拥的星星，仿佛在向我俏皮地眨着眼睛。

醉入绿荫

　　一位作家朋友说过：我生长于农村，只有双脚踏在厚厚的土地上，心灵才感到踏实。生长于大都市的我，何尝不是如此。小时候，就经常听长辈们谈地气，随着年龄的增长，人是越来越看重地气。可城市中的高层住宅，下面修建车库，地面的土层也就一米多，花草树木都难能繁茂，一楼的地气尚觉不足，对于空中楼阁的居住者，地气已经成为一种奢侈品。接到来自森林和草原的邀请时，我匆匆忙忙打点行装，恨不得一时便奔走于草原、森林与湿地间。

　　飞机上偶然听到后面的旅客对话：你知道海拉尔的汉语意思吗？不知道。告诉你，海拉尔的意思是：生长野韭菜的地方。

　　野韭菜，好美丽的名字！使人一下子想到水草茂密、牛羊成群、绿野茫茫、泥土的芳香……清楚地记得那年在坝上，我和河北作家张成起、郝卫宁摘过野韭菜，兴致勃勃带回了家，包了香喷喷的饺子；去年在呼伦贝尔草原，牛羊满地，骏马成群，我和当地的女作家艾平摘野韭菜，不一会儿工夫，我俩摘了一大捧。那久违了的诱人的野生韭菜味令人口舌生香，真想马上飞回家包饺子饱餐一顿。

从呼伦贝尔奔往大兴安岭腹地，满目的绿色扑面而来。为了让大家多看几个景区，主办者特地挑了一条远路，开始，汽车走走停停，大家车上车下沿途观景。可人一下车，便有成群的虻蝇围了上来，轰不走赶不散，稍不留意，就叮你一口，又痒又痛。司机包师傅是蒙族人，十分健硕，年轻时曾经在草原养过马，坐着他开的大吉普，我常常想象着他骑上骏马奔驰的样子。他拔了几棵蒿草给大家用来轰虻蝇，这一招很灵，虻蝇惧怕蒿草味，一下子就轰散了；他摘了一些树枝尖芽让大家品尝，酸酸的，挺好吃，口齿间也润泽了；他又掐了两枝芍药花，花朵粉白粉白的，妩媚、艳丽而不俗。

汽车行驶了十多个小时，才抵达鄂伦春旗。这时，越走树越多，越走两边的草越茂密，细细看，两边的草均生长在水中，路两旁全是湿地。

湿地是大地的肾脏，是地球具有多种独特功能的生态系统，为人类提供大量食物、原料和水资源，在维持生态平衡、保持生物多样性、降解污染、调节气候等方面有着重要作用。

生长在津门，自小，我有着与生俱来的湿地情怀。一位作家写过，她到以色列访问二战期间生活在天津的犹太人时，一个犹太人找出了一本书，书名就是《湿地上的天堂》，记述的是我生活的城市天津。我幼时的天津市区及周边，有数十个湖泊，湖泊边遍布湿地。钓鱼、摸蟹，给人们生活增添了多少乐趣，为人们的餐桌增添了多少美味佳肴。那时没有空调，并没有觉得像现在这样暑热难耐。如今，高楼林立，湖泊稀少，湿地稀缺了。我居住的小区就是在湿地上建起的。小区前面有着津城最大的天然湖，湖边修建了公园，草木葱郁，这是我购买这住宅的原因。这片小区，平均气温要比市内低两到三度。

大兴安岭水源丰富，润泽的湿地中生长着众多的花草树木，青翠欲滴，旺盛茂密，分外秀丽，带给人难得的静谧和愉悦，人不能说是醉入花荫，而是醉入绿荫了。

近距离与鄂伦春人交往，感受到浓浓的现代生活气息。为了保护生态绿植和野生动物，鄂伦春人离开了木杆屋子，搬入了政府为他们搭建的石灰楼新居。在一个单身小伙子的小单元房里，我看到了电脑、电视与燃气灶，却没有见到想象中的土灶、猎枪与兽皮；在他邻居家中，看到了外嫁韩国回家探亲的鄂伦春姑娘，她是在上民族大学期间与韩国同学相识，毕业后结婚的。

只有在大兴安岭绿色的山水中，我才真正感受到鄂伦春浓郁的民风、民俗和民情——那单身小伙子牵着现已稀少的鄂伦春马，这是一匹白鼻梁骒马，脾气温顺，另一匹胆子小的骒马，远远地跟着，躲闪着外人；人们常把鄂伦春人称为马背上的民族，他们的确精骑善射，十分健谈的老旗长夫人、年近八十的鄂伦春老太太骗腿就骑上了白鼻子骒马；那位女儿外嫁韩国人的鄂伦春母亲唱起悠扬的长调；在桦木尖顶屋前，客人们竞相拍照……

以往，鄂伦春人居住在森林，以打猎捕鱼为生，其实，他们信奉万物有灵，崇拜自然物，鄂伦春汉译之一就是"驯鹿的人"。熊是他们敬奉的，在鲜卑祖先居住的石室旧墟嘎仙洞口，有一小熊图案；洞口旁有原始岩画，据说石缝中经常有两三条小蛇出现，嘎仙洞被当地人尊为福地。

距嘎仙洞几里地的库图尔其广场，意为"有福气、吉祥的地方"。威严耸立的九根汉白玉石柱上用青铜铸件镶嵌着蛇神、风神、鹰神图腾。拾阶而上，是五座象征鄂伦春古老民居的仙人柱浮雕墙，镶嵌着他们信奉的山神、司马神、祖先神、火神、雷神，表现着他们独特的风俗文化。

到嘎仙部落，首先要徒步过嘎仙河上的两座吊桥。桥下水流湍急，两岸树林茂密，姹紫嫣红的花地和鲜绿如茵的草坡，青山绿水，景致美极。从幽林深处飘然而来的嘎仙河水，前奔后涌，傲然倾泻，显示着饱满充盈、鲜活跳动的生命力量。河水晶莹剔透，清澈见底，甚至分得清水下绿色草、黑色鱼、青色石子的颜色，间或有一两片绿叶漂浮其上，五颜六色，美轮美奂。

据当地干部介绍，鄂伦春旗水源储藏量为九十亿方，而我居住的城市每年引黄河水十亿方。清凌凌的水啊，真令人艳羡。这清凌凌水中的鱼，自然鲜美。鱼的做法极为简单，似乎就是原生态清水蒸煮，可其肉质肥嫩，细白爽滑，个中滋味，奇妙无比。而用这清凌凌的水酿造的高品质的白酒，入口甘美，味道香醇。

来到晚会广场，先是表演萨满占卜，十分神圣庄严。而后男女青年盛装歌舞，其歌高亢悠扬，其舞男子威武雄壮，女子柔美，尤其是鹿舞，姑娘们一水鄂伦春兽皮服装，身着鹿皮小袄、翻羊毛短裙，头戴翻毛羊皮帽，脚蹬翻毛羊皮靴，鹿皮手套，舞姿轻盈，靓丽多姿，自然活泼，活脱脱表现出草原小鹿美丽可爱的神态。独唱女子服装庄重大气，高雅秀美，上饰祥云图案，气派大有皇后帝妃气，令人惊异。来自京城的作家们交头接耳：这节目上央视春晚肯定能轰动。

原生态气息的晚宴和篝火晚会牵人心魂，称得上篝火，勾酒，勾情，勾魂，将大家的情绪推到顶峰。篝火燃起来，观者止不住随着节拍与鄂伦春姑娘小伙子一起手之舞之，足之蹈之，放声唱起来，纵情跳起来，疲惫的心灵获得了舒展和放松。

当今之世，伴随着高科技和市场经济的迅猛发展，绿色的原生态的生活已经成为一种享受，成为一种精神和物质的奢侈品。在这个意义上，我真心地希望我们发展的脚步放缓一点，让我们城市的天空像这里一样蓝，大地像这里一样肥美丰盈，水也像这里一样鲜亮流淌。在这一点上，我真心地羡慕并祝福绿色的充满生命力量的鄂伦春民族。

丝路之旅情未了

两千多年前陆上"丝绸之路"的繁荣，见证了华夏文明与世界文明的交融。当然，作为一个文化人，谈起丝绸之路，谈起西域，我们更多地想到的还是文学的山水。丝绸之路对文化人有着特殊的意义。苍茫辽阔、壮美雄奇的西域，予多少诗人以苍凉、悲壮的感觉，得以留下千古佳作。

典型的有盛唐诗歌主要流派之一的边塞诗派。这些诗人或戍边，或流放，或出使到西域边塞，写下情辞慷慨、雄浑悲壮的诗作，传唱至今，千古不衰。

多次被贬谪的诗人王昌龄《出塞》诗："秦时明月汉时关，万里长征人未还。但使龙城飞将在，不教胡马度阴山。"意境开阔，感情深沉，有纵横古今的气魄。

王之涣的《凉州词》："黄河远上白云间，一片孤城万仞山。羌笛何须怨杨柳，春风不度玉门关。"语言朴实，造境深远，胳炙人口。

岑参描写西域八月飞雪的名句"忽如一夜春风来，千树万树梨花开"，以敏锐的观察力和浪漫奔放的笔调，描绘了西北边塞的壮丽景色。

即使是田园派诗人王维赴西域边塞慰问将士，大漠给予他壮阔雄奇的感觉，也留下了著名的边塞诗作《使至塞上》，"大漠孤烟直，长河落日圆"的景象，令多少后人向往。

在现代，具有深厚思想文化积淀的文化人，当他用生命拥抱旅居生活和创作时，尤其在西域开阔的时空中，由自然的人文的景观，引发出深刻思考、丰富想象，整个文字和古老文化都在生命中被唤醒了，山水景象真正活起来了，文章有了生气，有了深远而辽阔的终极含义。

新时期文学重要作家张贤亮，在西域劳改农场度过了艰苦的青春岁月，创作出《绿化树》《灵与肉》《习惯死亡》和《男人的一半是女人》等小说佳作。

余秋雨先生认为，他和余光中先生这个"余"姓，有可能是突厥族后代，他要去西北寻根。上世纪80年代末，他毅然辞去上海戏剧学院院长职务，践行他的文化之旅。

他独自一人，首先到了宁夏、青海。当时旅游条件很差，他卷着个破棉袄，经常步行于土路和沙漠，吃了很多苦。他的西北大漠之旅，结出了丰硕成果，最为直接的是《文化苦旅》的诞生。

20 世纪 80 年代，艺术大家韩美林第一次来到宁夏银川，就被古老神秘的贺兰山岩画深深打动。他动情地说："二十一年前，我第一次来到贺兰山，面对那么多古岩画，突然感觉，我走了半辈子，直到五十多岁才找到艺术的家。"此后，他多次到贺兰山观摩岩画艺术，汲取创作灵感。他将此视为他艺术的转型点。

几十年来，韩美林先生从甲骨、石刻、青铜、壁画、古陶、砖铭等文物古迹上搜寻、记录了几千个符号、图形、金文和象形文字，有很多是至今没有破译的古代汉字，汇成《天书》。其中众多古文字和象形图案来自于西部大漠的文化遗存。

2007 年春天，于姹紫嫣红的菏泽牡丹园中，我接到美林先生电话，让我迅速赶到杭州。彼时，我正在编辑其大著《天书》。我和雅昌印刷公司何总赶到杭州韩美林艺术馆画室时，美林先生正倾力进行着《天书》的最后设计。没有寒暄，他让我俩坐在一边观看他创作，我注意到，他案头放着一沓毛边纸。午餐时，他叫来了助理，嘱咐他找来一节稻草绳、一盘沙子。这毛边纸、沙子、稻草绳，都成了他设计《天书》独特的装饰物，这些土得掉渣的东西，经他一摆弄，恰到好处地突出了中国古代文化元素。

《天书》以一种天生的悟性、天生的才华，对中国古代传统文化以艺术的诠释，把蕴含着千年中华文明之光的文化宝藏开掘出来，其道破了某种艺术甚至文化的天机——越古老的有可能越是现代的，越民族的，有可能越是世界的。美林先生的创作充分印证了这一点。

我一直觉得，观看韩美林艺术作品有一种激情，有一种冲动，觉得他的艺术民族而世界，古老而现代，很多人参观韩美林艺术馆后都有一种莫名的激动。很多外国友人对他的艺术也喜欢得如醉如痴。他所画的牛、马、羊等众多小动物乃至人体，夸张、变形，可以看出古老岩画激发出他艺术的活力……认认真真拜读、编辑了《天书》，我似乎寻到了韩美林艺术的源头。"半亩方塘一鉴开，天光云影共徘徊。问渠那得清如许？为有源头活水来。"近日，因编选韩美林书画集《拣尽寒枝不肯栖》，我又一次集中阅读了韩美林先生的多种散文、书画作品，再次印证了这种感觉——最原始古朴、真实生动的中华文化与艺术的"源头活水"，予韩美林内心不竭的艺术灵感，使其才思不断，活水长流。而西部边陲的茫茫大野、文化遗存，就是他源源不绝的艺术"活水"。他之所以将他第三座个人艺术馆建在宁夏银川贺兰山上，足以证明这点。

缘于工作，我得以游历全国，给我留下最深刻印象，至今情为之动、魂为之牵的是西域边塞。记得十多年前的春夏之交，我得以去敦煌，抵达当日傍晚，便迫不及待地到了鸣沙山，骑上骆驼，叮叮当当，缓缓行走于大漠沙山；借着月色，观赏有着"沙漠第一泉"之称的月牙泉；第二天一早，赶到莫高窟，于漫漫黄沙中看到排排绿树时，给视觉和心理带来了很大冲击，再看到跨越千年美轮美奂的古建筑、雕塑和壁画，更感受到人类历史文明的震撼；最后一天，我们索性包了一辆车，观览了唐诗中耳熟能详的汉长城著名关隘阳关、玉门关，这都是我国古代丝绸之路扼守南北两道的重要关隘……这些景点，都让人深深感受着古丝绸之路的艰辛与辉煌。

司机是个西北汉子，脸颊被风沙吹得红红的，他寡言少语，但所说的话，让人心头沉甸甸的。驶过一片沙漠时，他指着道路两旁小小的沙坡说：那都是汉将士的坟墓。这"小小的沙坡"，它埋葬着开拓疆土、屯垦戍边的将士的骨肉，埋葬着千万家庭悲欢离合的故事，已经在这漫漫黄沙中两千多年了！我的心被撼动了。

下午回程时，只见前方出现了一片大海，上面隐隐约约浮现出栋栋高楼和张着帆的渔船，我不禁叫了出来：沙市蜃楼！我忙叫停车，想要拍照，司机却漫不经心地说：这没有什么惊奇的，在这里常常见到的。他见多识广的气度震慑住我，没有坚持停车拍照，可这景象，至今十多年了，我再也没有遇见过，至今后悔错失了良机。

从敦煌，我们又去了青海，塔尔寺、青海湖、一望无际的油菜花海、横无际涯的深蓝色湖水，神奇壮丽，美不胜收……甘肃、青海之行是我至今印象最深的旅行。

茫茫大漠，赐予我们太多太多，心胸填得满满的。这一路的风景，至今想起，还在脑海中翻腾……那雄伟、壮美的自然生

215

态，原汁原貌的文化遗存，一经想起，那种感觉，久久徘徊在心间。我终于弄懂了什么叫古朴自然、大气磅礴；为什么必须敬畏自然，敬畏生命，人，如何才能上通天地，下接心源……

永恒的生命之舞（代后记）

　　《散文海外版》自1993年元旦创刊，至2009年7月，出版已经整整一百期了。为了铭记我们这一本纯文学杂志的历史印迹，我们精心选编了这部《百期精华》。所谓"百期百家百篇"，即是一百期中一百位名家的一百篇散文力作。友人曾建议我们以"经典中的经典""精华中的精华"为书名，思来想去，反复掂量，还是《百期精华》显得更朴实、更贴切些。

　　从1992年底，我奉命开始筹办《散文海外版》，那时我年龄不足三十八岁，至今已届退休。十七年的岁月，伴随着一本杂志，凝聚着多少心血与拼搏、多少辛酸与欣慰，这本书就是明证。记得著名作家周涛在一篇散文中说过：一个人的一生只能干一件事。如果真的是这样，编辑这么一本书、一本杂志，可能就是我这么一个普通编辑一生所干的一件事。一个知识女性一生做了一件自己愿意做的文化上的事，我从心底感到很踏实、很知足、很有"成就感"。其他的就由他去了。

我编选和阅读散文，十分看重作品体现出的生命感悟和人文情怀。我以为，生命感悟和人文情怀，是散文的灵魂和生命线。十七年间，编选本书中的多篇散文时，我产生过多次心灵的感动，每编辑一篇这样的散文，我都有一种"成就感"，本书充分体现出这点。

散文是生命之舞

我以为，散文是人的生命之舞，应予人以生命的深层感动，予人以心魂的震撼。须心灵开阔，精神超拔，情思饱满，气韵生动。散文必须有"我"，有"我"的情感、"我"的体验，但这里的自我，不是缘于身边琐事、儿女情长的小我，而是有着深刻的生命体验、深入到自我灵魂的深处、体现出作者灵魂的渴望和追求的"大我"，进而才能反映出作者对国家和民族命运的思考，折射出时代的风貌。

本书以《我的家在哪里?》开篇，短短八百字的短文，凝聚了冰心老人一生的经历、一生的感慨和追求，凝练、深刻，几十年人生况味，尽在笔墨间。可说是闪烁着人生光华和艺术光华的佳篇力作。

韩美林的《换个活法》以全新的写法，天上、地下、人间的跳跃式思维，活灵活现地勾勒出一位艺术大家的生命状态，表现出一位艺术大家光彩逼人的精神境界。他的幽默，是一种对人生的含泪的微笑，是一种对宇宙万物永远怀着问号、对大千世界永远怀着童心、对苦难人生永远怀着真善美、对艺术九死不悔永远追求的精神。

舞蹈家资华筠的《永远追求不到的情人》，把舞蹈艺术视作情人，魂牵梦绕欲得其精髓，毕生求索，仍觉可望而不可即。表现了作者灵魂深处对伟大艺术和美好情愫的渴求，展现了她的生命之舞。

谁能相信与死亡相伴的竟会是天堂般的光亮，竟会是绿树鲜花、遍地芳香？《邂逅死亡》的作者胡发云以自己亲身经历，绘声绘色地描述了神秘离奇而又美妙无比的濒死体验，给人以灵魂的震撼与启示。

《用力呼吸》真实记录了陆星儿身患癌症后对亲情、友情以及整个人生的顿悟；一个人能够保持常态，就是莫大的幸福。如果说常态像一棵树，很多时候树欲静而风不止。当历尽百转千回、九九八十一难后，方能领悟到树静这种常态的可贵。

丹增的《童年的梦》有一种独特韵味，一种精神贵族气息——深厚的文化艺术素养，开阔的哲学思维空间，不张扬，不造作，从容大气，以娓娓的叙述和精彩的细节引人入胜。

韩少功的《山居心情》表述了在现代生活中追求宁静，过返璞归真的生活，表现了一位作家、一位文化人独立和纯粹的精神，显露出一种高贵的品格和高拔的意境。

王十月的《小民安家》讲述了二十八年间他们父子两代人怀揣希望、坚韧不拔治宅安家的艰辛历程。当年，父亲和母亲拉着沉重的石磙，在稻田里艰难前行，一圈又一圈，一年又一年，在家乡建起新居；如今，作者进城漂泊、打工、写作，呕心沥血，历尽艰辛，在深圳购买了商品房。作品充满了深刻的生命体验，折射出时代的变迁，可说是情真意切，感人至深。

耐人寻味的人生命运

人的一生，会经历许许多多的人和事，每一个人的生命，社会生活的每一个角落，都有耐人寻味的东西，都值得你倾注深情去关注、体验和去发掘。同情心是人类最无私的一种情感，只要你怀着一颗良善的悲悯之心，去发掘、去表现他人的生命价值，就有可能将千千万万读者感动。

将军迟浩田的《我的母亲》以平朴的语言、精彩的细节和真挚的情感，令一位平凡而伟大、仁慈而坚韧、深明大义的母亲的形象跃然纸上，动人心弦，感人泪下。

王充闾《人生几度秋凉》描写民族英雄张学良的人生命运。作品有见有识，有理有情，构思严谨而又颇具文采。更可贵的是这位文坛老将在创作上对自我的突破。

一位退休干部，倾心描绘了一位农人的命运，读罢《村子》，一时无语，心头沉甸甸的。作品不仅写出了这位弱势人物的生存状态，也写出了他的精神状态——他内心的痛苦与快乐，内心的向往、追求和人格尊严。作者不是专业作家，他平朴自然、生动形象地将一位普通人的命运展现出来。我觉得文章最见光彩处，是作者对家乡民众的关爱，是萦荡于心灵深处的人文精神。

女儿罹患癌症，受尽病痛折磨，撒手而去。作者白发人送黑发人，自有一种撕心裂肺的痛楚。《我吻女儿的前额》以其真实而沉重的叙述给人以震撼，字字泣血，催人泪下。

耿立的《赵登禹将军的菊与刀》开掘深刻，深沉大气，细节精彩，赢得众多读者好评。为这篇力作，作者和编者付出了许多心血。作者最初投给本刊，我们认为是一篇很有分量的作品，但艺术上还不太成熟。我们几次提出意见，作者前后五次进行修改才最终定稿。

每一位文化界知名人士，都有一个丰富的世界，都是一本大书。在我国，经历了百年的内忧外患、战争风云和政治风雨，他们的身上，愈发显露出人格的魅力。范曾先生的《何期执手成长别》，是为纪念陈省身先生而作，彰显出几位科学与艺术大师的友谊、襟怀和高拔的精神境界。作品文采斐然，幽默而深沉，峭拔而冷峻，充满了真情实感和对人生、对艺术的真知灼见与国学素养，有一种大美大爱和思想的穿透力溢于字里行间。

来自古老中国深深庭院的张兆和与她的姊妹们，是中国近代史上著名的"现代女性"。她们的优雅、庄重、勇气和活力，代表着现代女性人格中最为珍贵的品质。张兆和孙女的《奶奶在花园》追忆了晚年的奶奶，曾经鲜活的花园，虽已物是人非，然花开花落，芳菲不绝。

追问历史与文化

《散文海外版》创刊之始，其本意更加注重抒写心灵的艺术散文，而当文坛在张承志、余秋雨、史铁生、周涛、韩少功等人创作的带动下，以反映知识分子心态的文化散文蓬勃兴起之时，我们直面散文创作新态势，自 1994 年后，一批探索人生价值与意义、追问历史与文化、思考社会与人生、思考人类生存环境、充满着理性色彩与文化氛围的文化散文出现在我们杂志的重要位置上。这些散文大多思想深沉，内容厚重，气势宏大，不仅有见有识，而且有感有情，文采斐然。它们大多比较成熟，缺少一般文化散文创作中的偏激、盲目和浮躁，是不可多得的佳构力作。

在文化散文创作中，许多作品常常是以中国历史、传统文化为切入点的，意在以史为鉴。历史的反思成为了对正义、道德、尊严和人文理想的呼唤，具有着深刻的思想，也有着沉甸甸的历史感与沧桑感。

"五十年依稀缩为一刹那，历史依稀没有移动。但是，一定神，忽然想到自己的年龄，历史毕竟是动了。"天地之悠悠是自然规律，还历史之真相，还人物之本来面目，是历史赋予今人的使命。季羡林的《站在胡适之先生墓前》于对茫茫历史的追述中，以史实、以鲜为人知的细节，书写了自己对胡适之"毕竟一书生"的认知。作品于平朴中见深沉，于直言中见真情，是胸中自有沟壑的大手笔。

余秋雨的文化散文创作是散文创作领域中一道亮丽的风景。《问卜中华》抒写了清以来发现和探索甲骨文的"贞人"——王懿荣、刘鹗、罗振玉、王国维的命运，声情并茂，有文采，有激情，振聋发聩，充盈着一种"龙骨"之气。

江堤的《湘西草堂》描述了王夫之的人生命运，于平和冷静中现出高拔意境、人格尊严，显出作家一介学者的才华和风范，其英年早逝实在是中国文坛的一大损失。

《走进总督府》的作者漫步于清政府设于保定的直隶总督府，审视曾经权倾朝野的一品大员们，从文化和精神的层面，思考为政为民之道。作品气韵丰厚，文笔酣畅，识才俱佳，尽显这位工作于反腐一线的平民官员的真情与良知。

面对着五光十色的现代社会和现实生活，许多作家的内心充满着一种形而上的忧虑和困惑，面对物欲、人欲的无节制膨胀及自然生态的失衡，面对世俗的平庸及人格的卑贱，一些作品表现出严肃的批评精神。

李存葆文化散文创作的关注点始终是人类自然生存环境和人文生活环境，从文化层面思考现代社会文明。在《大河遗梦》中，通过对黄河断流的慨叹，抒发了对中华民族母亲河倍加眷恋的情愫，对日益恶化的自然生态环境的忧虑。文章写得大气磅礴，激越刚烈，波澜起伏，读之有一气呵成之感。

《大地的眼睛》写得是那么的平朴流畅、条分缕析，没有任何雕琢，没有故作高深，却彰显出深刻的思想和很高的精神品位。作者借《瓦尔登湖》来探索、剖析今人的精神和生存状态，给世人以警醒，给有社会责任感的智士以精神的支撑。

《自然笔记》以其崭新的题材与立意、寓科学精神于生动形象的描绘中，被收入上海高中语文教材的精读本；被国家七部委评为全国优秀科普作品；被选入全国中等职业学校语文教材，以及香港特别行政区中学中国语文网络课堂……这篇散文，凝聚着作家与编辑的心血，曾经删改、润色了十几遍，由《散文海外版》以头题位置推出后，产生了很大反响。

种瓜者得瓜，种豆者得豆。多年的辛勤耕耘，使我们结交了一批高层次的作家和读者朋友，拥有着非常可贵的文学资源和出版资源，这是最可贵的无形资产，是我们一生宝贵的精神和物质财富。

阅读全书，您会发现，全书构成了一个精神的整体，是一篇精神的绿地。游目骋怀，上通天地、下接心源的佳构固难寻觅亦有所见；务求所选展现活生生的生活、活生生的情感，以使我们的杂志和我们的精品集充满生机、充满活力、充满感人的力量而流传久远，不仅与今人，亦能与后人进行精神的对话。

此文是我十年前为编选《百期精华》写的后记，表述了我编选散文的理念和追求（刊发于《中国社会科学报》）。幸蒙中国文史出版社厚爱，为我这样一位已经退休十年的散文编辑出版这本散文集。特将此文当作后记。

我是一个职业编辑，为作家推佳作、出好书很有"成就感""使命感"，常常激情澎湃；而对自己的写作就不是那么投入了，能拖就拖，电脑里一堆散乱的文稿，有一些是已经发表了的，有几篇没写完存在电脑里，这次全部进行了修改、润色和补充完善。几十年为别人编稿出书，终于等到了自己出书，心里很是激动。真心感谢中国文史出版社马合省先生和本书的责任编辑。

我也特别感谢我的老师、南开大学文学院张学正教授，用心为我的散文集写了序言，权当是当年读书时请老师评点学生的作业。张教授今年八十有五，耳不聋，眼不花，头脑清晰，思而明，仁且智，学术精湛，是我敬佩的师长。

甘以雯

2020 年 9 月 10 日

图书在版编目（CIP）数据

那双美丽的眼睛／甘以雯著. --北京：中国文史
出版社，2021.1

（跨度新美文书系）

ISBN 978-7-5205-2393-6

Ⅰ. ①那… Ⅱ. ①甘… Ⅲ. ①散文集-中国-当代
Ⅳ. ①I267

中国版本图书馆 CIP 数据核字（2020）第 198908 号

责任编辑：卢祥秋

出版发行：**中国文史出版社**

社　　址：北京市海淀区西八里庄路 69 号院　　邮编：100142

电　　话：010-81136606　81136602　81136603（发行部）

传　　真：010-81136655

印　　装：北京新华印刷有限公司

经　　销：全国新华书店

开　　本：720×1020　1/16

印　　张：15　　　　字数：146 千字

版　　次：2021 年 1 月第 1 版

印　　次：2021 年 1 月第 1 次印刷

定　　价：52.00 元